ALICIA
EN EL PAÍS
de las
MARAVILLAS

T0054729

ALMA POCKET ILUSTRADOS

ALICIA EN EL PAÍS de las MARAVILLAS

Lewis Carroll

Ilustraciones de
John Tenniel

Edición revisada y actualizada

Título original: *Alice's Adventures in Wonderland*

© de esta edición:
Editorial Alma
Anders Producciones S.L., 2020
www.editorialalma.com

 @almaeditorial

La presente edición se ha publicado con la autorización de Editorial EDAF, S. L. U.
© Traducción: Mauro Armiño

© Ilustraciones: John Tenniel

Nueva edición revisada

Diseño de la colección: lookatcia.com
Diseño de cubierta: lookatcia.com
Maquetación y revisión: LocTeam

ISBN: 978-84-18008-49-8
Depósito legal: B28111-2019

Impreso en España
Printed in Spain

ÍNDICE

ALICIA EN EL PAÍS DE LAS MARAVILLAS

PREFACIO

En la tarde dorada del estío
ociosos navegamos por el agua;
llevan unos bracitos los remos
que apenas sus manitas abarcan
y que en vano guiarnos pretenden
donde nosotros deseamos.

¡Ay, qué crueles las Tres! En esta hora,
bajo un cielo propicio para el sueño,
pedirme que les cuente una historia
cuando mi aliento ni soplar puede
la pluma más leve. ¿Qué puede mi voz
ligera, frente a tres lenguas juntas?

Prima lanza imperiosa el mandato
formal: «Que empiece sin tardar»;
Secunda muy amablemente espera
«que el cuento no tenga pies ni cabeza»,
mientras Tercia interrumpe el relato
cada dos por tres a preguntar.

Y pronto, hecho de nuevo el silencio,
las tres su cabeza dejan ganar
por el mundo de extraña maravilla
que una niña soñando va a cruzar
charlando con pájaros y animales...
Allí ellas creen que se encuentran ya.

Siempre que el pobre cuentista quería,
seco ya el polvo de su fantasía,
dejar el cuento para el otro día
y descansar diciendo: «Mañana seguirá»,
las tres dichosas voces le decían: «Mañana es ya».

Nació así el País de las Maravillas:
así uno tras otro los raros sucesos
surgiendo fueron;
y ahora el cuento acabó.
La barca hacia casa nos devuelve
felices bajo el sol.

Acepta, Alicia, la infantil historia
y ponla con tu delicada mano
donde duermen los sueños infantiles,
a la memoria unidos, cual secas flores
que un día ya lejano recogiera
un peregrino en muy lejana tierra.

Capítulo I

POR LA MADRIGUERA DEL CONEJO

·⟨~⟩·

Alicia empezaba a hartarse de estar sentada al lado de su hermana en la orilla del río y sin nada que hacer: una o dos veces había echado una ojeada al libro que su hermana estaba leyendo, pero no tenía estampas ni diálogos. «Y ¿para qué sirve un libro sin estampas ni diálogos?», pensó Alicia.

Por eso, estaba dándole vueltas en la cabeza (dentro de lo posible, porque el calor del día adormecía y llenaba de torpor sus sensaciones) a si valdría la pena levantarse y recoger margaritas para trenzar con ellas una cadeneta, cuando de pronto un Conejo Blanco de ojos rosas pasó corriendo a su lado.

En aquello no había nada *excesivamente* particular; ni tampoco le pareció a Alicia *excesivamente* fuera de lo normal oír al Conejo decirse a sí mismo: «¡Ay, Dios mío! ¡Dios mío! ¡Voy a llegar tarde!» (cuando más tarde volvió a pensar en este episodio, a Alicia se le ocurrió que habría debido asombrarse, pero en aquel momento le pareció completamente natural); pero cuando el Conejo *sacó un reloj del bolsillo de su chaleco* y lo miró y echó a correr de nuevo, Alicia se puso en pie de un brinco, al cruzar por su mente como un rayo la idea de que nunca había visto un conejo con un chaleco con bolsillo, y menos aún con un reloj que sacar de ese bolsillo; muerta de curiosidad, echó a correr tras él por el campo, justo a tiempo de verlo desaparecer en una ancha madriguera debajo del seto.

Un momento más tarde, Alicia se metía tras él, sin pensar ni por asomo cómo se las arreglaría para salir de allí.

Durante un trecho, la madriguera avanzaba recta como un túnel, y luego se hundía bruscamente, tanto que Alicia no tuvo tiempo siquiera de pensar en detenerse antes de encontrarse cayendo en un pozo muy profundo.

O el pozo era muy profundo, o ella caía muy despacio; lo cierto es que, mientras descendía, le sobró tiempo para mirar alrededor y preguntarse qué iba a pasar. Primero intentó mirar hacia abajo para ver dónde iba a parar, pero estaba demasiado oscuro para distinguir nada; luego se fijó en las paredes del pozo y reparó en que estaban cubiertas de aparadores y estanterías; aquí y allá vio mapas y cuadros colgados de escarpias. Al pasar, cogió un tarro de uno de los estantes; llevaba una etiqueta que ponía «MERMELADA DE NARANJA», pero, para gran desilusión suya, estaba vacío. No quiso tirar el tarro por miedo a matar a alguien que se encontrara debajo, así que se las arregló para dejarlo en uno de los aparadores cuando pasaba delante de él mientras caía.

«Vaya —pensó Alicia para sus adentros—, después de una caída como ésta, ya no me importará caerme por las escaleras. ¡Qué valiente que soy pensarán en casa! ¡Sí, aunque me cayese desde lo alto del tejado, no rechistaría siquiera!» (Cosa que probablemente sería verdad.)

Y caía, caía y caía. ¿No iba a terminar *nunca* de caer? «Me gustaría saber cuántos kilómetros he caído ya —dijo en voz alta—. Debo estar llegando al centro de la Tierra. Vamos a ver: el centro tal vez esté a unas 4.000 millas de profundidad...» (Como puede verse, Alicia había aprendido unas cuantas cosas de este género en la escuela y, aunque no era aquella la mejor oportunidad para demostrar sus conocimientos, como allí no había nadie que la oyese era un buen ejercicio repetirlas.) «... Sí, esa es más o menos la distancia..., pero entonces me pregunto a qué latitud o longitud he llegado.» (Alicia no tenía ni idea de qué eran la latitud ni la longitud, pero pensó que eran unas palabras hermosísimas para decirlas.)

Pronto continuó: «Me pregunto si no estoy cayendo todo recto *atravesando* la Tierra entera. ¡Qué divertido sería salir entre esas gentes que andan con la cabeza abajo, y que son los *antípatas*[1] creo...». (Esta vez se alegró de que nadie *estuviera* escuchándola, porque no le sonaba del todo que aquella palabra fuera la correcta); «... bueno, tendré que preguntarles cuál es el nombre de su país. "Por favor, señora, ¿es esto Nueva Zelanda o Australia?"». (Y mientras hablaba ensayó una reverencia. ¡Imaginaos cómo se hace una *reverencia* mientras vais cayendo por el aire! ¡Pensad de qué forma os las apañaríais!) «¡Y qué niña *ignorante* pensarán que soy por preguntar! No, más vale no preguntar, quizá lo vea escrito en alguna parte.»

---

1 *Antipathies* se pronuncia en inglés de forma casi idéntica a *antipodes* (antípodas). (N. del T.)

Y caía, caía, y caía. Como no tenía otra cosa que hacer, pronto empezó Alicia a hablar de nuevo: «Esta noche Dinah me echará en falta, seguro». (Dinah era la gata.) «Espero que se acuerden de su escudilla de leche a la hora del té. ¡Querida Dinah! ¡Cómo me gustaría que estuvieses aquí abajo conmigo! Puede ser que no haya ratones en el aire, pero siempre podrías cazar algún murciélago, ya sabes que se parecen mucho a un ratón. Me pregunto si comen murciélagos los gatos.» En este momento Alicia empezó a sentirse adormilada, y siguió diciéndose como en sueños: «¿Comen los gatos murciélagos? ¿Comen los gatos murciélagos?». Y de vez en cuando: «¿Comen los murciélagos gatos?[2]», porque, incapaz de responder a ninguna de esas preguntas, como veis, lo mismo daba hacer una u otra. Notó que estaba quedándose dormida, y acababa de empezar a soñar que iba de paseo cogida de la mano de Dinah y que le preguntaba con toda seriedad: «Y ahora, Dinah, dime la verdad: ¿te has comido alguna vez un murciélago?», cuando de pronto, ¡pumba!, ¡paf!, fue a dar sobre un montón de ramas y hojas secas, y la caída se acabó.

Alicia no se había hecho el menor daño y, al momento, estaba en pie de un salto; miró hacia arriba: encima de su cabeza todo estaba oscuro; delante había un largo pasadizo, y el Conejo Blanco todavía estaba a la vista, metiéndose por él a todo correr. No había tiempo que perder, Alicia corrió como el viento, justo a tiempo de oír al Conejo decir cuando doblaba un recodo: «¡Por mis orejas y mis bigotes, se me está haciendo muy tarde!». Estaba a punto de pillarlo, pero cuando ella dobló el recodo, el Conejo había desaparecido: se encontró en un vestíbulo largo y bajo, que iluminaba una hilera de lámparas colgadas del techo.

Alrededor del vestíbulo había puertas, pero todas cerradas; y después de haberlo recorrido de punta a punta, bajando por la derecha, subiendo por la izquierda y probando en todas las puertas, Alicia regresó entristecida al centro del vestíbulo preguntándose cómo lograría salir de allí.

---

2   En inglés la frase *Do cats eat bats?* tiene una sonoridad semejante a *Do bats eat cats?*, que posibilita la sustitución fácil de una por otra. Además, resulta imposible traducir el ritmo monótono, casi hipnótico, de esos monosílabos. (N. del T.)

De pronto se encontró ante una mesita de tres patas, toda de cristal macizo: no había nada encima, salvo una minúscula llavecita de oro, y lo primero que pensó Alicia fue que aquella llave tal vez debía abrir alguna de las

puertas del vestíbulo; pero, ¡ay!, o las cerraduras eran demasiado grandes, o la llave demasiado pequeña, porque lo cierto es que no pudo abrir ninguna. Sin embargo, cuando lo intentaba por segunda vez, descubrió una cortina baja en la que hasta entonces no se había fijado, y tras ella había una puertecita de unas quince pulgadas de alto: probó la llavecita de oro en la cerradura y, para gran alborozo suyo, encajaba.

Alicia abrió la puerta y vio que daba a un pasadizo pequeñísimo, no mucho más ancho que una ratonera; poniéndose de rodillas divisó, al final del pasadizo, el jardín más hermoso que jamás hayáis visto. ¡Cuánto deseaba salir de aquel oscuro vestíbulo y pasear entre aquellos macizos de brillantes flores y aquellas frescas fuentes! Pero ni siquiera podía pasar la cabeza por la abertura de la entrada. «Y aunque consiguiera pasar la cabeza —pensó la pobre Alicia—, de qué poquito me serviría sin los hombros. ¡Ay, cómo me gustaría poder plegarme como un catalejo! Si supiera por dónde empezar, tal vez podría.» Pues, como veis, últimamente habían ocurrido tantas cosas extraordinarias que Alicia empezaba a pensar que sólo unas pocas eran realmente imposibles.

Parecía inútil esperar junto a la puertecita, y por eso volvió hacia la mesa con la vaga esperanza de encontrar otra llave o por lo menos un libro de instrucciones para plegarse una misma como los catalejos: esta vez halló encima de la mesa un pequeño frasquito, «que, desde luego, antes no estaba aquí», dijo Alicia, y alrededor del cuello del frasquito había una etiqueta con la palabra «BÉBEME» bellamente impresa en letras mayúsculas.

Quedaba muy bonito decir «Bébeme», pero la prudente y pequeña Alicia no iba a hacerlo sin más ni más. «No, primero miraré a ver si en alguna parte pone *veneno* o no», dijo; porque había leído varios cuentos deliciosos sobre niños que habían acabado quemándose, y que habían sido devorados por fieras salvajes, y otras cosas desagradables, y todo por no haber *querido* recordar los sencillos consejos que sus amigos les habían dado; por ejemplo, que un atizador al rojo quema si se tiene demasiado tiempo en las manos; y que si os hacéis en el dedo un corte muy profundo con un cuchillo, generalmente el dedo sangra; y tampoco se le olvidaba que si bebéis demasiado de una botella donde pone «veneno», es casi seguro que antes o después os haga daño.

Sin embargo, en el frasco no ponía «veneno», por lo que Alicia se aventuró a probarlo, y como lo encontró muy agradable (en realidad sabía a una especie de mezcla de tarta de cerezas, flan, piña, pavo asado, caramelo y tostadas con mantequilla), muy pronto se lo bebió todo.

«¡Qué sensación más curiosa! —dijo Alicia—. Debo estar encogiéndome como un catalejo.»

Y así era: ahora sólo medía 10 pulgadas de alto, y su cara resplandeció al pensar que ya tenía el tamaño adecuado para pasar por la puertecilla hasta aquel precioso jardín. Sin embargo, esperó primero unos minutos para ver si seguía menguando todavía, porque estaba algo preocupada. «Porque, ya veis, podría acabarme del todo, como una vela. Y me pregunto cómo sería entonces.» Trató de imaginar a qué se parece la llama de una vela cuando se apaga, pues no recordaba haber visto nunca una cosa así.

Al cabo de un rato, viendo que no pasaba nada más, decidió entrar en el jardín acto seguido. Pero, ¡ay, pobre Alicia! Cuando llegó a la puerta reparó en que había olvidado la llavecita de oro, y cuando volvió a la mesa en su busca se encontró con que no podía alcanzarla; la veía con toda claridad a través del cristal, e hizo lo imposible por trepar por una de las patas de la mesa, pero era demasiado resbaladiza, y cuando se sintió agotada de tanto intentarlo, la pobre cosita se sentó y se echó a llorar.

«¡Vamos, que llorar de esta manera no sirve de nada! —se dijo Alicia en tono bastante severo—. Te aconsejo que dejes de hacerlo ahora mismo.» Por regla general, se daba bonísimos consejos (aunque rara vez los seguía), y a veces se regañaba con tanta severidad que se le saltaban las lágrimas; recordaba incluso que una vez había intentado darse un tirón de orejas por hacer trampas en una partida de *croquet* que jugaba consigo misma; porque a esta curiosa niña le gustaba fingir que era dos personas: «Pero ahora no sirve de nada —pensó la pobre Alicia— pretender ser dos personas. Porque apenas si queda de mí lo suficiente para hacer *una* digna de ese nombre».

No tardó en caer su mirada sobre una cajita de cristal que había debajo de la mesa: la abrió y encontró en ella un pastelillo pequeñísimo, en el que la palabra «CÓMEME» estaba bellamente escrita con pasas. «Bueno, me lo comeré, dijo Alicia; si me hace crecer, podré alcanzar la llave; si me hace menguar, podré colarme por debajo de la puerta; pase lo que pase, entraré en el jardín; ¡poco me importa lo que ocurra!»

Dio un mordisquito, y se dijo muy ansiosa para sus adentros: «¿Hacia dónde? ¿Hacia dónde?», poniendo la mano encima de la cabeza para ver en qué sentido se producía el cambio; y quedó completamente sorprendida al darse cuenta de que seguía con el mismo tamaño. Esto es, por supuesto, lo que suele ocurrir cuando comemos un pastel, pero Alicia estaba tan acostumbrada a esperar que sólo ocurrieran cosas extraordinarias que le pareció de lo más soso y estúpido que la vida siguiera por el camino normal.

Así pues, se concentró en la tarea, y en un abrir y cerrar de ojos acabó con el pastel.

Capítulo II

EL CHARCO
DE LÁGRIMAS

·❦·

«¡**Q**ué curiosoque y curiosoque!³ —exclamó Alicia (estaba tan sorprendida que, en ese instante, se olvidó por completo de hablar correctamente)—. ¡Ahora resulta que me estiro como el mayor catalejo que nunca haya existido! ¡Adiós, pies míos!» (Porque, cuando miró hacia abajo, a sus pies, le pareció que casi se perdían de vista, de lo mucho que se iban alejando.) «¡Ay, pobres piececitos! ¡Me pregunto quién os pondrá ahora los zapatos y las medias! Seguro que yo no podré. Estaré demasiado lejos para ocuparme yo misma de vosotros. Tendréis que arreglároslas lo mejor que podáis...» «Pero debo ser amable con ellos —pensó Alicia—, no vaya a ser que se nieguen a ir donde yo quiera. Vamos a ver: les regalaré unas botinas nuevas todas las Navidades.»

Y siguió haciendo planes sobre cómo se las arreglaría. «Tendré que mandárselas por un mensajero —pensó—. ¡Qué divertido debe ser enviar regalos a los pies de una misma. ¡Y qué raras parecerán las señas!

> *A Don Pie Derecho de Alicia.*
> *Felpudo de la chimenea,*

---

3 Alicia comete un error de lengua al decir, en lugar de *more and more curious*, un barbarismo: *curioser and curioser*. Añade una terminación de comparativo a un adjetivo que no la admite. El matiz resulta imposible de trasladar y lo traduzco jugando con una transposición en el orden de la oración admirativa. (N. del T.)

junto al guardafuego
(con el cariño de Alicia).

¡Dios mío! ¡Cuántos disparates digo!»

En ese mismo instante su cabeza chocó contra el techo del vestíbulo; resulta que ahora tenía más de nueve pies de altura; inmediatamente cogió la llavecita de oro y echó a correr hacia la puerta del jardín.

¡Pobre Alicia! Lo único que pudo hacer fue tumbarse de costado y mirar hacia el jardín con un solo ojo; pero las esperanzas de pasar al otro lado eran menores que nunca; así que se sentó en el suelo y empezó a llorar otra vez.

«Debería darte vergüenza —se dijo Alicia—, una chica tan grande como tú (ahora sí que podía decirlo con motivo) llorando de esa manera. Te ordeno que dejes de llorar ahora mismo.» Pero no hizo caso a la orden, derramando cubos de agua hasta que se formó todo alrededor un enorme charco de unas cuatro pulgadas de hondo y que llegaba hasta la mitad del vestíbulo.

Al cabo de un rato oyó a lo lejos un ruido de pisadas, y se apresuró a secarse los ojos para ver quién venía. Era el Conejo Blanco que estaba de vuelta, espléndidamente vestido, con un par de guantes blancos de cabritilla en una mano y un amplio abanico en la otra; llegaba trotando con mucha prisa y murmurando para sus adentros mientras se acercaba: «¡Oh, la Duquesa, la Duquesa! Se pondrá hecha una furia si la hago esperar». Tan desesperada se sentía Alicia que estaba dispuesta a pedir ayuda a quien fuese; por eso, cuando el Conejo pasó cerca, empezó a decirle en voz baja y tímida: «Por favor, señor...». El Conejo se sobresaltó mucho, soltó los guantes blancos de cabritilla y el abanico y se escabulló en la oscuridad lo más deprisa que pudo.

Alicia recogió el abanico y los guantes y, como en el vestíbulo hacía mucho calor, se puso a abanicarse mientras seguía diciendo: «¡Ay, Dios mío! ¡Qué raro es todo hoy! ¡Y ayer todo era tan normal! Me pregunto si habré cambiado durante la noche. Espera que piense: *¿era* yo la misma al levantarme esta mañana? Creo recordar que me he sentido algo distinta. Pero si no soy la misma, la siguiente pregunta es: ¿quién diablos soy yo? ¡Ay, *ese es* el gran rompecabezas!». Y empezó a pensar en todas las niñas que

conocía que fueran de su misma edad, para ver si se había cambiado por alguna de ellas.

«Estoy segura de no ser Ada —dijo—, porque lleva en el pelo unos rizos larguísimos, y los míos no se rizan para nada; y estoy segura de que no puedo ser Mabel, porque yo sé muchas cosas, y ella, bueno, ella no sabe casi ninguna. Además, *ella es* ella y yo *soy yo*, y ¡ay, Dios mío, qué lío! Probaré a ver si sé todas las cosas que solía saber. Veamos: cuatro por cinco, 12, y cuatro por seis, 13, y cuatro por siete... ¡Ay, Dios mío!..., a este paso nunca llegaré a 20. De todos modos, la tabla de multiplicar no importa mucho; probemos con la Geografía: Londres es la capital de París, y París es la capital de Roma, y Roma..., no, estoy segura de que todo eso está mal. He debido de cambiarme por Mabel. Intentaré recitar *Ved al ágil cocodrilo...*»; cruzó las manos sobre el regazo como si estuviera diciendo la lección y empezó a recitar, pero su voz sonaba ronca y extraña, y las palabras no eran las que solían ser:

> *Ved al ágil cocodrilo*
> *que con su cola lustrada*
> *echa las aguas del Nilo*
> *en sus escamas doradas.*

> *Vedlo cómo abre los dientes,*
> *¡qué alegría cuando bebe*
> *y abre a los pequeños peces*
> *su bocaza sonriente!*

«Estoy segura de que no son las palabras exactas —dijo la pobre Alicia, y sus ojos volvieron a inundarse de lágrimas mientras continuaba—: después de todo, debo de ser Mabel, y tendré que ir y vivir en esa casita miserable, y no tendré juguetes con que jugar, y, ¡ay, cuántas lecciones que aprender! ¡No, estoy completamente decidida: *si soy* Mabel, me quedaré aquí! Será inútil que asomen la cabeza y digan: "Anda, sube, querida". Me limitaré a mirar hacia arriba y decir: "Entonces, ¿quién soy? Decídmelo primero, y si me gusta ser esa persona, subiré; si no, me quedo aquí abajo hasta que sea

alguna otra...". Pero, Dios mío —exclamó Alicia con un repentino y nuevo brote de lágrimas—, ¡cómo me *gustaría* que alguien se asomara! ¡Estoy tan *cansadísima* de estar aquí completamente sola!...»

Al decir esto bajó los ojos a sus manos, y quedó sorprendida porque, mientras hablaba, se había puesto uno de los pequeños guantes blancos de cabritilla del Conejo. «¿Cómo *puedo* haberlo hecho? —pensó—. Debo de estar menguando otra vez.» Se levantó y fue hasta la mesa para medirse por ella, y descubrió que, por lo que podía suponer, ahora tenía unos dos pies de altura, y que estaba menguando a toda velocidad; no tardó en adivinar que la causa era el abanico que tenía en la mano, así que lo soltó a toda prisa, justo a tiempo de evitar desaparecer por completo.

«De buena me he librado —dijo Alicia, bastante asustada por su repentina transformación, pero muy contenta de sentirse viva todavía—. Y ahora, ¡al jardín!», y echó a correr a toda velocidad hacia la puertecilla; pero, ¡ay!, la puertecita estaba otra vez cerrada, y la llavecita de oro estaba sobre la mesa de cristal como antes. «Y ahora las cosas están peor que nunca —pensó la pobre niña—, porque nunca he sido tan pequeña como ahora, ¡nunca! Y declaro que todo está demasiado mal, ¡de veras!»

Cuando decía estas palabras, su pie resbaló, y un momento después, ¡plaf!, se encontró metida hasta la barbilla en agua salada. Lo primero que pasó por su cabeza fue que, sin saber cómo, había caído al mar... «Y en este caso puedo volver a casa en tren», se dijo a sí misma (Alicia sólo había estado una vez en su vida a la orilla del mar, y había llegado a la conclusión general de que, a cualquier parte de las costas inglesas que uno vaya, encuentra gran número de cabinas de baño, unos cuantos niños haciendo hoyos en la arena con palas de madera, luego una hilera de hotelitos de alquiler y, detrás de ellos, una estación de ferrocarril). Sin embargo, pronto se dio cuenta de que estaba en el charco de lágrimas que ella misma había derramado cuando tenía nueve pies de altura.

«¡Ojalá no hubiera llorado tanto! —dijo Alicia mientras nadaba dando vueltas, tratando de encontrar una salida—. Supongo que ahora recibo mi castigo, ahogándome en mis propias lágrimas. ¡Seguro que *será* un accidente extraño! ¡Pero hoy resulta todo tan extraño!»

Justo entonces oyó que había algo chapoteando cerca, en el charco, y nadó en aquella dirección para ver qué era: al principio pensó que se trataría de una morsa o de un hipopótamo, pero luego recordó lo pequeña que

ahora era, comprendiendo acto seguido que sólo se trataba de un ratón que, como ella, había resbalado.

«¿Servirá de algo dirigirle la palabra a este ratón? —pensó Alicia—. Aquí abajo es todo tan extraordinario que nada me extrañaría que hablase; de todos modos, nada pierdo por intentarlo.» Y empezó así: —Oh, Ratón, ¿conoces el camino para salir de este charco? Estoy cansadísima de nadar dando vueltas. Oh, Ratón.— Alicia pensó que esos serían los términos más apropiados para dirigirse a un ratón; jamás hasta entonces había hecho nada parecido, pero recordaba haber visto en la Gramática Latina de su hermano: «Un ratón, de un ratón, al ratón... un ratón... ¡oh, ratón!». El ratón la miró con curiosidad, y a Alicia le pareció incluso que le guiñaba uno de sus ojillos, pero no dijo nada.

«Quizá no entienda inglés —pensó Alicia—. Me figuro que es un ratón francés que llegó aquí con Guillermo el Conquistador.» (Porque a pesar de sus conocimientos de historia, Alicia no tenía una noción demasiado clara de cuándo había ocurrido nada.) Así pues, empezó de nuevo: —*Où est ma chatte?*[4]— que era la primera frase de su gramática francesa. El Ratón dio de repente un brinco fuera del agua, y pareció que todo él temblaba de espanto. —Ay, le ruego que me perdone —exclamó rápidamente Alicia, temiendo haber herido los sentimientos del pobre animal—. ¡Se me olvidó por completo que a usted no le gustan los gatos!

—¡No me gustan los gatos! —gritó el Ratón con voz chillona y apasionada—. ¿Te gustarían a *ti si* tú fueras yo?

—Bueno, quizá no —dijo Alicia en tono conciliador—, no se enfade por eso. Aunque me gustaría poder presentarle a nuestra gata Dinah; creo que se enamoraría usted de los gatos sólo con verla. Es tan tranquila y tan adorable —continuó Alicia, a medias para sus adentros, mientras nadaba perezosamente en el charco—, y ronronea con tanto primor cuando se sienta junto al fuego, lamiéndose las patitas y lavándose con ellas la cara..., y es una cosa tan suave y tan deliciosa de mecer..., y caza tan bien ratones... ¡Ay, discúlpeme! —exclamó Alicia de nuevo, porque esta vez el Ratón se había erizado

---

4 «¿Dónde está mi gata?» (N. del T.)

por completo, y ella estuvo segura de haberlo ofendido realmente—. Si no le gusta, no hablaremos más de ella.

—¡*Nosotros,* nosotros no volveremos a hablar! —gritó el Ratón, que temblaba hasta la punta de la cola—. ¡Cómo si fuera yo el que se empeña en hablar de ese tema! Nuestra familia siempre *odió* a los gatos: ¡son unos bichos viles, bajos y vulgares! ¡No quiero volver a oír otra vez esa palabra!

—No volveré a hacerlo —dijo Alicia apresurándose a cambiar de conversación—. ¿A usted..., a usted le gustan... los perros? —El Ratón no contestó, y por eso Alicia continuó llena de ansiedad—: Hay cerca de nuestra casa un perrito que me gustaría enseñarle. Un pequeño terrier de ojos brillantes, ¿sabe?, y con un pelo marrón largo y todo lleno de rizos. Y corre a buscar las cosas cuando se las tiras, y sabe ponerse a dos patas para pedir la comida..., y muchas otras cosas, tantas que no recuerdo ni la mitad de ellas; y es de un granjero, ¿sabe?, y dice que le ayuda mucho y que no lo vendería ni por 100 libras. Dice que le mata todas las ratas y... ¡Ay, Dios mío! —exclamó Alicia en tono lastimero—, me temo que he vuelto a ofenderlo— porque el Ratón se alejaba de su lado nadando a la mayor velocidad posible y produciendo a su paso gran agitación en el agua del charco.

Por eso Alicia lo llamó en tono muy suave: —¡Ratoncito querido!, vuelve aquí, y no hablaremos nunca más de gatos ni de perros si no te gustan—. Cuando el Ratón oyó esto, dio media vuelta y nadó despacio hacia ella: su cara estaba completamente pálida (de cólera, pensó Alicia), y dijo en voz baja y temblorosa: —Vamos a la orilla y te cuento mi historia; así comprenderás por qué odio a los gatos y a los perros.

Salieron del charco justo a tiempo, porque estaba llenándose de pájaros y de los demás animales que se habían caído en él: había un Pato, un Dodo, un Lory y un Aguilucho, y varias otras extrañas criaturas más. Alicia encabezó la marcha y toda la banda se puso a nadar hacia la orilla.

Capítulo III

UNA CARRERA EN COMITÉ Y LARGA HISTORIA[5]

·ᴄᴏᴦᴏᴗ·

Era extraño, desde luego, el aspecto de aquel grupo reunido en la orilla: las aves con sus plumas a rastras, los demás animales con su pelaje pegado al cuerpo, y todos empapados, de mal humor e incómodos.

El primer problema era, por supuesto, cómo secarse; discutieron el tema, y al cabo de unos minutos Alicia estaba convencida de que lo más natural del mundo era encontrarse hablando familiarmente con ellos, como si los conociera de toda la vida. Por cierto, que Alicia mantuvo una larga discusión con el Lory, que terminó por enfurruñarse y se limitó a decir: —Soy más viejo que tú y debo saberlo mejor—, pero Alicia no estaba dispuesta a admitirlo sin saber su edad, y como el Lory se negó en redondo a decirle los años que tenía, no hubo más que hablar.

Finalmente el Ratón, que parecía ser persona de autoridad entre ellos, gritó: —Sentaos todos y escuchadme. Enseguida haré que estéis secos—. Se sentaron todos enseguida en un amplio corro, con el Ratón en el centro.

---

5   Carroll fue, al parecer, el primero en emplear la expresión *a caucus race; caucus* significa normalmente «comité político», aunque también tiene el sentido peyorativo de «camarilla política». Hay, además, en este título un juego de palabras si enlazamos el término *tale* (historia) con el juego explicado en la nota siguiente. (N. del T.)

Alicia, llena de ansiedad, clavó en él los ojos, porque estaba segura de que pillaría un buen resfriado si no se secaba cuanto antes.

—¡Ejem! —dijo el Ratón dándose aires de importancia—. ¿Estáis todos preparados? ¡Es la cosa más seca que conozco! Silencio alrededor, por favor. «Guillermo el Conquistador, cuya causa fue apoyada por el Papa, no tardó en ser reconocido por los ingleses, que necesitaban caudillos y que en los últimos tiempos se habían acostumbrado a la usurpación y a la conquista. Edwin y Morcar, condes de Mercia y de Northumbria»...

—¡Brrr!... —exclamó el Lory con un escalofrío.

—Perdón —dijo el Ratón, frunciendo el ceño, pero con mucha cortesía—. ¿Has dicho algo?

—¡Qué va! —contestó inmediatamente el Lory.

—Pensé que habías dicho algo —dijo el Ratón. Y prosiguió—: «Edwin y Morcar, señores de Mercia y de Northumbria, se pusieron de su parte; y hasta Stigand, el patriótico arzobispo de Canterbury, lo encontró oportuno».

—Encontró, ¿qué? —dijo el Pato.

—Encontró *lo* —contestó el Ratón algo enfadado—; supongo que sabes lo que *lo* quiere decir.

—Sé de sobra lo que *lo* quiere decir cuando *yo* encuentro algo —dijo el Pato—; generalmente *lo* es una rana o un gusano. La pregunta es: ¿Qué encontró el arzobispo?

El Ratón ignoró la pregunta y se apresuró a continuar:

—«Lo encontró oportuno, y con Edgar Atheling fue al encuentro de Guillermo para ofrecerle la corona. La conducta de Guillermo fue al principio moderada. Pero la insolencia de sus normandos»... ¿Cómo te encuentras ahora, querida? —prosiguió, volviéndose hacia Alicia mientras hablaba.

—Más mojada que nunca —dijo Alicia en tono melancólico—, no parece que así me seque nada de nada.

—En ese caso —dijo solemnemente el Dodo, irguiéndose—, propongo que levantemos la sesión y ahora mismo adoptemos remedios más enérgicos.

—¡Habla en inglés! —dijo el Aguilucho—. No entiendo el significado de la mitad de esas palabras largas y, lo que es más, tampoco creo que tú lo sepas —y el Aguilucho agachó la cabeza para ocultar una sonrisa; algunos otros pájaros soltaron risas sofocadas que, sin embargo, se oyeron.

—Lo que iba a decir —dijo el Dodo en tono ofendido— es que para secarnos lo mejor sería hacer una carrera de *comité*.

—¿Qué es una carrera de comité? —dijo Alicia; no es que le importara mucho, pero el Dodo había hecho una pausa como si pensara que *alguien* debía hablar, y nadie parecía dispuesto a decir nada.

—Bueno —dijo el Dodo—, la mejor manera de explicarlo es hacerla. (Y como a vosotros os puede divertir probarlo algún día de invierno, os contaré cómo la organizó el Dodo.)

Primero trazó una pista de carreras, más o menos circular («la forma exacta importa poco», eso dijo) y, luego, todos los presentes fueron colocándose aquí y allá, a lo largo de la pista. No hubo «un, dos, tres, ya», sino que se pusieron a correr cuando se les antojaba y se paraban cuando les venía en gana, de modo que no era fácil saber cuándo acababa la carrera. Sin embargo, después de estar corriendo más o menos media hora ya estaban completamente secos otra vez, el Dodo gritó de repente: —La carrera ha terminado—, y todos se apelotonaron a su alrededor jadeando y preguntando: —Pero ¿quién ha ganado?

El Dodo no podía contestar a la pregunta sin haberla madurado, y pasó mucho tiempo con un dedo en la frente (la postura en que normalmente suele verse a Shakespeare en los retratos), mientras el resto aguardaba en silencio. Por fin el Dodo dijo: —*Todos* hemos ganado, y *todos* debemos recibir los premios.

—Pero ¿a quién le toca dar los premios? —preguntó un coro de voces.

—Pues a *ella* por supuesto —dijo el Dodo señalando a Alicia con un dedo; y todos los asistentes se amontonaron inmediatamente alrededor de Alicia, gritando sin orden ni concierto:

—¡Los premios! ¡Los premios!

Alicia no tenía ni la menor idea de lo que debía hacer y, desesperada, metió la mano en el bolsillo y sacó una caja de confites (por suerte, no le había entrado el agua salada), que repartió a su alrededor como premios. Había exactamente uno para cada uno.

—Pero también ella debe tener un premio —dijo el Ratón.

—Claro —replicó el Dodo muy serio—. ¿Qué más tienes en el bolsillo? —continuó, volviéndose hacia Alicia.

—Sólo un dedal —dijo Alicia en tono entristecido.

—Déjamelo —dijo el Dodo.

Todos se agolparon otra vez a su alrededor mientras el Dodo le presentaba solemnemente el dedal, al tiempo que decía: «Te rogamos que aceptes este elegante dedal», y cuando hubo acabado este breve discurso todos aplaudieron.

Alicia pensó que aquello era absurdo, pero la miraban tan serios que no se atrevió a reírse; y como no se le ocurría nada que decir, se contentó con hacer una inclinación y coger el dedal con el mayor aire de solemnidad que pudo.

Lo siguiente era comerse los confites; aquello provocó cierto ruido y confusión, porque los pájaros grandes se quejaban de que no podían saber siquiera a qué sabían, y los pequeños se atragantaban y había que darles palmadas en la espalda. Sin embargo, terminaron por comérselos, y de nuevo se sentaron todos en círculo y pidieron al Ratón que les contara algo.

—Me has prometido contarme tu historia, ¿te acuerdas? —dijo Alicia—, y por qué odias a los G y a los P —susurró, temiendo que se ofendiera otra vez.

—¡La mía es una historia larga y triste como mi cola!⁶—dijo el Ratón, volviéndose hacia Alicia y suspirando.

—Es, desde luego, una cola larga —dijo Alicia, contemplando asombrada la cola del Ratón—; pero ¿por qué la llamas triste? —Y, mientras el Ratón hablaba, ella seguía dándole vueltas en la cabeza, por lo que la idea que se hizo de la historia fue algo parecido a esto:

Furia
le dijo a
un ratón,
al que en su casa
encontró: «Vayamos a
juicio los
dos. Voy
a denun-
ciarte
a ti.
Vamos,
no acepto
negativas.
Debemos tener un
juicio porque
en
realidad
esta
mañana
no
tengo
nada
que
hacer».
Dijo el
ratón al
perrillo:
«Tal
pleito,
querido
señor,
con
ningún
jurado
ni juez
serviría
de nada».
«Yo seré
juez y gran
jurado».
Dijo el
astuto y
viejo
Furia: «Yo
veré toda
la causa
y a
muerte
te condenaré».⁷

---

6 El ratón dice: *Mine is a long and sad tale*; Alicia contempla la cola de su interlocutor, por lo que responde: *It is certainly a long tail*. *Tale* (historia) y *tail* (cola) se pronuncian en inglés exactamente igual. (N. del T.)

7 La disposición tipográfica del original trata de evocar la figura de una cola de ratón que va menguando, curvándose y afilándose a medida que termina. Cuando algo más adelante Alicia dice: «Creo que ya ha llegado usted a la quinta curva», se refiere a las curvas del dibujo. (N. del T.)

—No estás atendiendo —le dijo el Ratón a Alicia muy serio—. ¿En qué estás pensando?

—Le pido perdón —dijo Alicia muy humildemente—; creo que ya ha llegado usted a la quinta curva.

—Lo *dudo* —gritó el Ratón con acritud y muy furioso.

—¿Un nudo?[8] —dudó Alicia, siempre dispuesta a mostrarse útil y mirando llena de ansiedad a su alrededor—. ¡Déjeme ayudarle a deshacerlo!

—No lo permitiré —gritó el Ratón, que se puso de pie y se alejó andando—: Me insultas con tantas sandeces.

—Ha sido sin querer —imploró la pobre Alicia—; es que, ¿sabe?, se le ofende con tanta facilidad...

El Ratón se contentó con gruñir como respuesta:

—Por favor, vuelva y termine su historia.

Después Alicia se calló, y todos los demás se unieron a ella coreando:

—Sí, por favor —pero el Ratón se limitó a mover la cabeza con impaciencia y echó a caminar un poco más deprisa.

—¡Qué pena que no quiera quedarse! —suspiró el Lory tan pronto como hubo desaparecido. Y una vieja Cangreja aprovechó la oportunidad para decirle a su hija:

—¡Ay, querida, que esto te sirva de lección para no perder nunca la calma!

—¡Cierra la boca, mamá! —exclamó la joven Cangreja en tono áspero—. Eres capaz de acabar con la paciencia de una ostra.

—Me gustaría que estuviera aquí nuestra Dinah, de veras que me gustaría —dijo Alicia en voz alta sin dirigirse a nadie en particular—. ¡Pronto le habría hecho volver!

—¿Y quién es Dinah, si se me permite la pregunta? —dijo el Lory.

Alicia, siempre dispuesta a hablar de su favorita, contestó entusiasmada:

—¡Dinah es nuestra gata, y no podéis imaginaros lo bien que caza ratones! ¡Ah, cuánto me gustaría que la vieseis persiguiendo a los pájaros! ¡Se come un pajarito en un santiamén!

---

8   Nuevo juego de palabras en inglés; el ratón dice: *I had not!* («Nada de eso») y Alicia capta una pronunciación parecida: *I had a knot* («Tenía un nudo»). (N. del T.)

Estas palabras provocaron notable conmoción entre los presentes. Algunos pájaros huyeron en el acto; una vieja Urraca empezó a envolverse cuidadosamente en su plumaje, murmurando: «De veras, tengo que irme a casa; el aire de la noche no le sienta bien a mi garganta». Y un Canario llamó a sus crías con voz temblorosa: —Vamos, queridos, ya es hora de que estéis en la cama—. Con diversos pretextos, todos se marcharon y no tardó Alicia en quedarse sola.

«¡Ojalá no hubiera hablado de Dinah! —se dijo para sus adentros en tono melancólico—. Aquí abajo no parece gustarle a nadie, aunque estoy segura de que es la mejor gata del mundo. ¡Ay, querida Dinah, me pregunto si volveré a verte más!». Y entonces la pobre Alicia se echó a llorar de nuevo porque se sintió muy sola y desanimada. Poco después, sin embargo, oyó otra vez un leve rumor de pasos a lo lejos, y alzó vivamente los ojos con la esperanza de que el Ratón hubiera cambiado de opinión y volviese para terminar su historia.

Capítulo IV

EL CONEJO ENVÍA
A UN PEQUEÑO BILL[9]

·❧·

Era el Conejo Blanco, que volvía con lento trote y mirando ansiosamente a su alrededor mientras avanzaba, como si hubiera perdido algo; y Alicia lo oyó que murmuraba para sí: «¡La Duquesa! ¡La Duquesa! ¡Ay, mis pobres patitas! ¡Ay, mi piel y mis bigotes! ¡Me mandará ejecutar, tan cierto como que los hurones son hurones! Lo que me pregunto es ¿dónde *puedo* haberlos dejado caer?». Alicia adivinó inmediatamente que estaba buscando el abanico y los guantes blancos de cabritilla, y también se puso, con la mejor voluntad, a buscarlos a su alrededor; pero no los encontraba por ninguna parte..., todo parecía haber cambiado desde que cayera en la charca, y el gran vestíbulo, junto con la mesa de cristal y la puertecilla, se había evaporado completamente.

No tardó el Conejo en ver a Alicia, que seguía buscando de acá para allá, y le gritó en tono irritado: —¡Eh, Mary Ann! ¿Qué *estás* haciendo aquí afuera? ¡Corre a casa ahora mismo y tráeme un par de guantes y un abanico! ¡Hala, deprisa!—

---

9 En el título inglés de este capítulo, *The Rabbit sends in a little Bill*, hay un calambur cuya traducción directa puede significar: «El conejo hace intervenir a un pequeño personaje llamado Bill» o «a un tal Bill», y también «El conejo envía una pequeña factura». (N. del T.)

y Alicia se asustó tanto que echó a correr inmediatamente en la dirección que le señalaba, sin intentar siquiera explicarle que se había equivocado.

«Me ha tomado por su criada —se dijo mientras corría—. ¡Qué sorpresa se va a llevar cuando descubra quién soy! Pero será mejor que le lleve su abanico y sus guantes, si es que los encuentro.» Mientras se decía esto, llegó ante una linda casita en cuya puerta había una brillante placa de metal con el nombre «W. CONEJO» grabado encima. Entró sin llamar y corrió escaleras arriba con miedo a toparse con la auténtica Mary Ann, y a que la echaran de la casa antes de haber encontrado el abanico y los guantes.

«¡Qué raro resulta —se dijo Alicia— estar haciendo recados para un conejo! ¡Supongo que, después de esto, Dinah no tardará mucho en mandarme que le haga los suyos!» Y empezó a imaginarse la clase de cosas que podrían ocurrir: «¡Señorita Alicia! ¡Venga aquí inmediatamente, y prepárese para el paseo!» «¡No tardo ni un minuto, señorita! Es que tengo que vigilar la ratonera hasta que Dinah vuelva y cuidar de que los ratones no salgan.» «¡Aunque no creo —continuó Alicia— que permitan a Dinah seguir viviendo en la casa si empieza a dar órdenes a la gente de esa manera!»

Mientras tanto, había encontrado el modo de llegar a una habitacioncita muy arreglada con una mesa delante de la ventana, y sobre ella (como esperaba) un abanico y dos o tres pares de minúsculos guantes blancos de cabritilla: tomó el abanico y un par de guantes, y estaba a punto de dejar la habitación cuando su mirada cayó sobre una botellita que había junto al espejo. Esta vez no había ninguna etiqueta con la palabra «BÉBEME», pero sin embargo la destapó y se la llevó a los labios. «Estoy segura de que pasará algo interesante —se dijo— si como o bebo cualquier cosa; así que ahora mismo voy a ver qué hace esta botella. ¡Espero que me haga crecer un montón otra vez, porque estoy bastante harta de ser una cosa tan pequeñita!»

Y eso fue lo que pasó, y mucho antes de lo que esperaba: cuando todavía no se había bebido la mitad de la botella, sintió que su cabeza daba contra el techo, y hubo de inclinarla para no romperse el cuello. Inmediatamente dejó la botella, diciéndose: «Ya es bastante... Espero no seguir creciendo... Tal como estoy, ya no puedo ni salir por la puerta... Ojalá no hubiera bebido tanto...».

¡Ay! Era demasiado tarde para desear eso. Siguió creciendo y creciendo, y muy pronto hubo de ponerse de rodillas en el suelo. Un instante después no había suficiente habitación siquiera para estar de rodillas, y probó a tumbarse con un codo contra la puerta y el otro brazo doblado alrededor de la cabeza. Pero seguía creciendo, y como último recurso sacó un brazo por la ventana, metió un pie por la chimenea, y se dijo: «Pase lo que pase, ahora ya no puedo hacer nada. ¿Qué será de mí?». Por suerte para Alicia, el mágico botellín había surtido todo su efecto, y ella dejó de crecer; aun así, su posición era muy incómoda y, como no parecía que hubiera la menor posibilidad de salir del cuarto, no es de extrañar que se sintiera muy desgraciada.

«Era mucho más agradable estar en casa —pensó la pobre Alicia—, allí no estaba una creciendo y menguando todo el día, ni recibiendo órdenes de ratones y conejos. Casi desearía no haberme metido por la madriguera..., y sin embargo..., sin embargo..., ya ves, ¡qué curioso es este tipo de vida! ¡Me pregunto qué puede haberme ocurrido! Cuando solía leer cuentos de hadas, imaginaba que estas cosas nunca ocurrían, y aquí estoy, metida en una. Deberían escribir un libro sobre mí, claro que deberían hacerlo. Cuando sea

mayor, yo misma escribiré uno..., ¡pero si ya soy mayor! —añadió en tono lastimero—, al menos aquí no hay espacio para ser más grande.»

«Pero entonces —pensó Alicia—, ¿nunca me haré mayor de lo que soy ahora? En cierto sentido, sería un consuelo... no ser nunca una mujer mayor y vieja... pero entonces... ¡jo, tener que estar siempre aprendiendo lecciones! ¡Ay, eso sí que no me gustaría!»

«Qué tonta eres, Alicia —se contestó—. ¿Cómo vas a poder estudiar aquí lecciones? Si apenas hay sitio para ti y no queda espacio para los libros.»

Y así continuó, diciéndose primero las preguntas y luego las respuestas, y manteniendo de este modo una verdadera conversación; pero al cabo de unos minutos oyó una voz de fuera, y se detuvo para escuchar.

—¡Mary Ann, Mary Ann! —decía la voz—. ¡Tráeme los guantes ahora mismo!— Luego llegó un leve rumor de pasos en la escalera. Alicia supo que era el Conejo que venía en su busca y se echó a temblar de tal modo que hacía estremecerse toda la casa, porque se le había olvidado por completo que ahora era mil veces mayor que el Conejo y que no había razón para tenerle miedo.

No tardó el Conejo en llegar a la puerta y en tratar de abrirla; pero como la puerta se abría hacia dentro, y el codo de Alicia estaba puesto con fuerza contra la puerta, la tentativa resultó un fracaso. Alicia le oyó decirse a sí mismo: «¡Entonces daré la vuelta y entraré por la ventana!».

«¡Eso sí que no!» —pensó Alicia y, tras esperar hasta que le pareció oír al Conejo justo debajo de la ventana, sacó repentinamente la mano y dio un manotazo en el aire como si quisiera atrapar algo. No atrapó nada, pero oyó un breve chillido y una caída y un estrépito de cristales rotos, de lo que dedujo que muy posiblemente el Conejo se había caído en un semillero de pepinos o algo parecido.

Inmediatamente llegó una voz irritada, la del Conejo: —¡Pat, Pat! ¿Dónde estás?—. Y luego una voz que Alicia nunca había oído hasta entonces: —¡Aquí!, ¿dónde voy a estar? Cavando en busca de manzanas, señoría.

—¡Cavando en busca de manzanas, por supuesto! —dijo el Conejo furioso—. ¡Ven, ven aquí y ayúdame a salir de esto! (Ruido de más cristales rotos.)

—Ahora dime, Pat, ¿qué es lo que hay en la ventana?

—Pues un brazo, señoría. (Él pronunció «braso».)

—¡Brazo, pedazo de ganso! ¿Quién ha visto nunca un brazo de ese tamaño? ¡Si ocupa toda la ventana!

—Cierto que ocupa toda la ventana, señoría, pero a pesar de todo es un brazo.

—Bueno, sea lo que sea, ahí no pinta nada; vete y quítalo.

Luego hubo un largo silencio, y Alicia sólo pudo oír de vez en cuando cuchicheos como: «Señoría, de veras, esto no me gusta nada, nada de nada». «¡Haz lo que te digo, cobarde!» Y finalmente ella sacó otra vez el brazo, y dio otro manotazo como para atrapar algo en el aire. Esta vez se oyeron *dos* leves chillidos, y más ruidos de cristales rotos. «¡Cuántos semilleros de pepinos debe de haber! —pensó Alicia—. Me pregunto qué harán ahora. En cuanto

a quitarme de la ventana, sólo deseo que lo *consigan*. Estoy segura de que no me divierte quedarme aquí más tiempo.»

Permaneció atenta durante un rato sin oír nada; por fin le llegó el ruido de unas ruedecillas de carrito, y el sonido de muchas voces hablando todas al mismo tiempo. Pudo distinguir estas palabras: «¿Dónde está la otra escalera?». «Pero si yo sólo tenía que traer una; la otra la tiene Bill... Bill, ¡tráela a aquí, muchacho!...» «¡Aquí, apoyadlas contra ese rincón!»... «No, primero hay que atarlas..., así no llegarían ni a la mitad...» «¡Bah!, será suficiente, no seas pesado...» «¡Aquí, Bill, agárrate a esa cuerda!...» «¿Aguantará el tejado? ¡Cuidado con esa teja suelta!...» «Eh, que se va a caer. ¡A tierra!» (Un fuerte estrépito.)... «Bueno, ¿quién ha sido?...» «Creo que ha sido Bill...» «¿Quién va a bajar por la chimenea?...» «Yo, para nada..., tú...» «Ni hablar, yo tampoco... Que baje Bill...» «¡Bill, ven aquí! ¡El amo dice que tienes que bajar por la chimenea!»

«¡Vaya! ¿O sea que es Bill el que tiene que bajar por la chimenea? —se dijo Alicia—. ¡Parece que a Bill lo cargan con todo! No me gustaría estar en su lugar por nada del mundo; esta chimenea es estrecha, seguro, pero *creo* que podré dar un puntapié.»

Bajó todo lo que pudo su pie dentro del hogar de la chimenea y esperó hasta oír a un animal pequeño (no podía adivinar de qué clase era) arañar y rozar la chimenea por dentro, muy cerca de ella; entonces, diciéndose: «Este es Bill», largó un fuerte puntapié y esperó a ver qué pasaba.

Lo primero que oyó fue un coro general: «¡Ahí va Bill!». Luego, la voz del Conejo sola: «¡Agarradlo los que estáis en el seto!». Después silencio, y luego otra confusión de voces: «¡Sostenedle la cabeza!... Ahora un trago... No lo ahoguéis... ¿Qué tal, viejo? ¿Qué te ha pasado? ¡Cuéntanoslo todo!».

Por fin se oyó una vocecita débil y chillona: («Ese es Bill» —pensó Alicia).

—Bueno, casi no lo sé..., no quiero más, gracias; ya estoy mejor..., pero me encuentro demasiado aturdido para contaros..., sólo sé que algo parecido a una caja de resorte me ha dado un golpe, y he salido por los aires como un cohete...

—Así ha sido, viejo —dijeron los demás.

—Tenemos que prenderle fuego a la casa —dijo la voz del Conejo; y Alicia gritó a más no poder: «Si lo hacéis, os echaré a Dinah».

Inmediatamente se hizo un silencio de muerte, y Alicia pensó para sus adentros: «¡Me pregunto qué *harán* ahora! Si tuvieran sentido común, quitarían el tejado». Uno o dos minutos más tarde empezaron a moverse de nuevo, y Alicia oyó gritar al Conejo: —Para empezar, con una carretada tendremos bastante.

«Una carretada... ¿de *qué?*» —pensó Alicia; pero no estuvo mucho tiempo en la duda, porque un instante después una granizada de piedrecillas repicó contra la ventana, y algunas le dieron en la cara. «Tengo que acabar con esto» —se dijo, y gritó hacia el exterior—: Será mejor que no volváis a hacerlo—, y entonces se produjo otro silencio de muerte.

Alicia notó, con cierta sorpresa, que las piedras se convertían en pastelillos cuando llegaban al suelo, y en su cabeza nació una idea luminosa: «Si como uno de estos pastelillos —pensó—, seguro que me hará cambiar *algo* de tamaño; y como ya es imposible que siga creciendo, supongo que me hará menguar.»

Así que se tragó uno de los pastelillos y quedó encantada al ver que empezaba a disminuir inmediatamente. Tan pronto como fue lo bastante pequeña para pasar por la puerta, salió corriendo de la casa y se encontró con una multitud de pequeños animales y pájaros esperándola fuera. La pobre lagartija, Bill, estaba en medio, sostenido por dos conejillos de Indias que le daban de beber de una botella. Todos se abalanzaron hacia ella cuando apareció; pero Alicia echó a correr a toda velocidad y no tardó en hallarse a salvo en un espeso bosque.

«Lo primero que debo hacer —se dijo Alicia mientras vagaba por el bosque— es crecer hasta recuperar mi tamaño normal; y lo segundo hallar la manera de entrar en ese bonito jardín. Creo que es el mejor plan.»

Parecía desde luego un plan excelente, y a la vez claro y sencillo; la única dificultad estaba en que no tenía ni la menor idea de cómo ponerlo en práctica; y mientras miraba llena de ansiedad entre los árboles, un pequeño ladrido que sonó justo encima de su cabeza le hizo levantar los ojos.

Un enorme cachorro estaba mirándola con sus grandes ojos redondos y, alargando tímidamente una pata, trataba de tocarla: «¡Ay, pobrecito!» —dijo Alicia en tono zalamero, y trató de silbarle con todas sus fuerzas; pero seguía dándole un miedo terrible la idea de que podía estar hambriento, en cuyo caso lo más probable es que se la comiese, a pesar de toda su zalamería.

Casi sin darse cuenta recogió una ramita y se la tendió al cachorro; entonces el perrito dio un brinco con las cuatro patas al aire, con un gañido de ale-

gría, y se abalanzó hacia el palito como si fuera a destrozarlo; entonces Alicia se escabulló detrás de un gran cardo para evitar que la tirase al suelo; y en el instante en que se asomó por el otro lado, el cachorrillo se abalanzó otra vez contra el palito, cayendo patas arriba en su prisa por atraparlo; pensando entonces que era como jugar con un caballo percherón, y temiendo quedar aplastada bajo sus patas en cualquier momento, Alicia dio la vuelta otra vez al cardo; el cachorro inició entonces una serie de breves acometidas contra el palito, corriendo un poco hacia delante y un mucho hacia atrás, ladrando mientras tanto roncamente, hasta que por fin se sentó a cierta distancia jadeante, con la lengua fuera de la boca y los grandes ojos medio cerrados.

Alicia creyó entonces que era el momento adecuado para escapar; salió inmediatamente y echó a correr hasta quedar exhausta y sin aliento, y hasta que los ladridos del perro sonaron débiles a lo lejos.

«¡Y sin embargo, era un perrito monísimo! —dijo Alicia mientras se apoyaba contra un ranúnculo para descansar y se abanicaba con una de las hojas—. ¡Cuánto me habría gustado enseñarle trucos, de haber tenido el tamaño apropiado para hacerlo! ¡Ay, casi me olvido de que tengo que seguir creciendo! ¿Cómo voy a arreglármelas? Supongo que debería comer o beber; pero la gran cuestión es: ¿qué?»

Esa era desde luego la gran cuestión: ¿qué? Alicia vio a su alrededor flores y briznas de hierba, pero nada que le pareciese bueno para comer o beber en aquellas circunstancias. Había una enorme seta que crecía a su lado, casi de su mismo tamaño; y después de mirar debajo, a los lados y por detrás, se le ocurrió que bien podía mirar y ver qué había encima de la seta.

Se puso de puntillas y atisbó por encima del borde de la seta; sus ojos toparon inmediatamente con los de una gran Oruga azul que, sentada en lo alto con los brazos cruzados, fumaba tranquilamente un largo narguile, sin prestar la menor atención ni a ella ni a cualquier otra cosa.

Capítulo V

EL CONSEJO
DE UNA ORUGA

·⤜⤛⤜⤛·

Alicia y la Oruga se contemplaron mutuamente durante un rato en silencio; por fin la Oruga retiró el narguile de la boca y se dirigió a ella con voz lánguida y soñolienta.

—¿Quién eres *tú?* —dijo la Oruga.

No era este un principio alentador para una conversación. Alicia contestó con cierta reserva: —Yo..., yo..., ahora no sé muy bien, señor..., pero sí sé quién *era* cuando me levanté esta mañana; me parece que he debido cambiar varias veces desde entonces.

—¿Qué quieres decir? —dijo la Oruga en tono severo—. ¡Explícate![10]

—Me temo, señor, que no puedo explicarme *a mí misma* —dijo Alicia—, porque yo ya no soy yo, como podrá ver.

—No, yo no veo nada —dijo la Oruga.

—Mucho me temo que no puedo explicárselo con mayor claridad —respondió Alicia muy cortés—, porque, para empezar, ni yo misma

---

10 En inglés *explain yourself* tiene dos posibles sentidos: «explícate» y también «explícate tú a ti misma». De ahí la respuesta de Alicia: *I can't explain myself, I'm afraid, sir, because I'm not myself, you see* («Me temo, señor, que no puedo explicarme a mí misma, porque ya ve usted que no soy yo misma»). (N. del T.)

puedo entenderlo; y cambiar tantas veces de tamaño en un solo día es muy desconcertante.

—No lo es —dijo la Oruga.

—Bueno, tal vez a usted no se lo haya parecido hasta ahora —dijo Alicia—, pero cuando tenga que volverse crisálida..., y eso le pasará algún día, ¿sabe?..., y luego mariposa, seguro que le parecerá un poco raro.

—Pues no —dijo la Oruga.

—Bueno, quizá *sus* sentimientos sean diferentes —dijo Alicia—; yo sólo sé que para *mí* sería muy raro.

—¡Para ti! —dijo la Oruga desdeñosamente—. Y ¿quién eres *tú?*

Esto los devolvía al principio de la conversación. A Alicia la irritaba un poco oír a la Oruga responder con unas observaciones *tan* cortantes y, estirándose cuanto pudo, dijo muy seria:

—Me parece que es *usted* quien primero debería decirme quién es.

—¿Por qué? —dijo la Oruga.

Era otra pregunta que la ponía en apuros; y como no se le ocurrió ninguna buena razón, y la Oruga parecía estar de un humor *muy* desagradable, le dio la espalda para irse.

—¡Vuelve aquí! —le gritó la Oruga—. ¡Tengo algo importante que decirte!

Aquello sonó más prometedor. Alicia dio media vuelta y regresó.

—Domina tu mal genio —dijo la Oruga.

—¿Eso es todo? —respondió, disimulando su rabia lo mejor que pudo.

—No —dijo la Oruga.

Alicia pensó que, como no tenía nada mejor que hacer, podía esperar; quizá, después de todo, le dijera algo que valiese la pena escuchar. Durante unos momentos la Oruga soltó bocanadas de humo sin decir nada, pero terminó por descruzar los brazos, se quitó otra vez la boquilla de la boca y dijo:

—¿Así que crees que has cambiado?.

—Eso me temo, señor —dijo Alicia—; no puedo recordar las cosas como antes... y no conservo el mismo tamaño ni diez minutos seguidos.

—¿Qué cosas no puedes recordar? —le preguntó la Oruga.

—Pues he intentado recitar *Ved a la laboriosa abeja...*, pero me salió completamente distinto —contestó Alicia en tono muy melancólico.

—Recita *Viejo está usted, padre Guillermo* —dijo la Oruga.
Alicia juntó las manos y empezó :

> *Viejo está, padre Guillermo —dijo el joven—,*
> *y tiene el pelo ya muy cano.*
> *Aunque siempre anda cabeza abajo...*
> *¿le parece a su edad eso sensato?*

> *Cuando era joven —contestó este al hijo—,*
> *tuve miedo de dañarme el seso;*
> *y ahora, seguro de no tenerlo,*
> *¿por qué no andar así si es lo que quiero?*

> *Viejo está usted —como ya dije antes—,*
> *y se ha vuelto horriblemente gordo;*
> *sin embargo, ¿puede explicarme cómo*
> *de una voltereta el umbral atraviesa?*

Cuando era joven —replicó el anciano
sacudiendo sus canas—, todos los miembros
hice más ágiles usando este ungüento.
A un chelín la caja, ¿quiere comprarme dos?

Viejo está usted, y sus dientes no mascan
nada que no sea manteca rancia
¿cómo entonces se comió usted con hueso,
pico y patas, toda entera la gansa?

Cuando era joven aprendí las leyes
y con mi esposa discutí los casos;
las fuerzas que así ganaron mis encías
el resto de mi vida me han durado.

Viejo está usted y nadie supondría
la agudeza de sus pícaros ojos.
¿Cómo puede hacer equilibrios así
con una anguila en la nariz?

A tres preguntas ya te respondí.
¡Basta —dijo el padre—, menos humos!
Tus sandeces y bobadas ya me hartan.
Si no te marchas... ¡Largo de aquí!

—No lo has dicho bien —aseguró la Oruga.

—Me temo que no está *del todo* bien —dijo Alicia tímidamente—; algunas palabras han salido cambiadas.

—Está mal de cabo a rabo —dijo decidida la Oruga, y se produjo un silencio de varios minutos.

Fue la Oruga la primera en hablar:

—¿Qué tamaño te gustaría tener? —preguntó.

—Bueno, no soy muy exigente en eso del tamaño —replicó inmediatamente Alicia—; sólo que no me gusta andar cambiando tan a menudo, ¿sabe usted?

—*Yo no* sé —contestó la Oruga.

Alicia no dijo nada; nunca en su vida le habían llevado la contraria y sintió que empezaba a perder la calma.

—¿Ahora estás contenta? —inquirió la Oruga.

—Bueno, me gustaría ser *un poco* más alta, señor, si a usted no le importa, porque tener tres pulgadas me hace sentirme tan desgraciada...

—Pues a mí me parece que es una altura muy buena —dijo la furiosa Oruga, estirándose cuanto pudo mientras hablaba (medía exactamente tres pulgadas de alto).

—¡Pero es que yo no estoy acostumbrada! —alegó la pobre Alicia en tono lastimero. Y pensó para sus adentros: «¡Ojalá no se ofendiesen con tanta facilidad todos los bichos...!».

—Ya te acostumbrarás con el tiempo —dijo la Oruga, y llevándose el narguile a la boca, se puso a fumar otra vez.

En esta ocasión, Alicia esperó pacientemente a que aquel ser volviese a hablar. Un minuto o dos más tarde, la Oruga se quitó el narguile de la boca, bostezó una o dos veces y se desperezó. Luego se bajó de la seta y se adentró en la hierba, limitándose a decir mientras caminaba: —Un lado te hará crecer y el otro lado te hará menguar.

«¿Un lado de *qué*? ¿El otro lado de *qué*?» —pensó Alicia.

—De la seta —dijo la Oruga, como si le hubieran hecho la pregunta en voz alta; y un momento después había desaparecido de la vista.

Alicia se quedó pensativa, contemplando la seta durante un minuto, tratando de distinguir cuáles eran sus dos lados y, como era completamente redonda, le resultó una cuestión dificilísima. Sin embargo, terminó por extender los brazos alrededor de la seta cuanto pudo, y rompió con cada mano un trocito del borde.

«Y ahora, ¿cuál es cuál?» —se dijo a sí misma, y mordisqueó un poco del trozo de la mano derecha para probar el efecto. Inmediatamente sintió un violento golpe en la parte inferior de la barbilla: ¡había chocado con sus pies!

Se llevó un buen susto con aquel cambio repentino, pero comprendió que no había tiempo que perder porque estaba menguando a toda velocidad; así que se puso a comer en el acto del otro trozo. Su barbilla estaba tan apretada contra sus pies que apenas había espacio para abrir la boca; pero al final lo consiguió y se las arregló para tragar un mordisco del trozo de la mano izquierda.

«¡Vaya, por fin tengo libre la cabeza!» —dijo Alicia en tono de satisfacción, que se convirtió en alarma un momento después, cuando se encontró con que sus hombros estaban donde no podía encontrarlos: al mirar hacia abajo, todo lo que podía ver era un cuello inmensamente largo que parecía surgir como un tallo un mar de hojas verdes que se extendía a lo lejos, por debajo de ella.

«¿Qué podrán ser todas esas cosas verdes? —dijo Alicia—. ¿Y adónde se *han* ido mis hombros? ¡Ay, pobres manos mías! ¿Cómo es que no puedo veros?» Las movía mientras hablaba, pero no parecía obtener más resultado que un ligero temblor entre las distantes hojas verdes.

Como parecía que no había ninguna posibilidad de llevarse las manos a la cabeza, intentó bajar la cabeza a las manos, comprobando con gran alegría que su cuello podía girar fácilmente en todas las direcciones, como una serpiente. Acababa de conseguir curvarlo hacia abajo con un gracioso zigzag, y estaba a punto de meterlo entre las hojas, que resultaron no ser otra cosa que las copas de los árboles bajo los que había estado deambulando, cuando un agudo silbido la hizo echarse hacia atrás a toda prisa: una gran paloma se había lanzado contra su cara y la golpeaba violentamente con sus alas.

—¡Víbora! —chilló la Paloma.

—*No* soy una víbora —dijo Alicia indignada—. ¡Déjame en paz!

—Víbora, por segunda vez —repitió la Paloma, aunque en tono menos decidido, y añadió con una especie de sollozo—: He probado todos los medios, y ninguno parece que sirva con ellas.

—No tengo la menor idea de qué me estás hablando —dijo Alicia.

—He probado en las raíces de los árboles, he probado en las orillas de los ríos, he probado en los setos —prosiguió la Paloma sin hacerle caso—. Pero a esas víboras ¡no hay medio de tenerlas contentas!

Alicia estaba cada vez más desconcertada, pero pensó que de nada serviría hablar antes de que la Paloma hubiese terminado.

—¡Como si no fuera ya bastante lata empollar huevos! —dijo la Paloma—. ¡Encima hay que estar vigilando a las víboras noche y día! ¡No he podido pegar ojo en las tres últimas semanas!

—Siento mucho que tenga usted tantas molestias —dijo Alicia, que estaba empezando a comprender.

—Y justo cuando consigo el árbol más alto del bosque —continuó la Paloma, alzando la voz hasta el chillido—, justo cuando ya pensaba que, por fin, me había librado de ellas, tienen que bajar culebreando desde el cielo. ¡Asco de víboras!

—Pero si *no soy* una víbora —dijo Alicia—. Yo soy una..., soy una...

—Bueno, ¿*qué* eres tú? —dijo la Paloma—. Puedo darme cuenta de que estás intentando inventar algo.

—Yo..., yo soy una niñita —dijo Alicia con muchas dudas, recordando el número de cambios por los que había pasado ese día.

—¡Vaya historia! —dijo la Paloma en el tono del más profundo desprecio—. En toda mi vida he visto muchas niñitas, pero *ninguna* con un cuello como ese. ¡No, no! Eres una víbora, y es inútil que lo niegues. Supongo que ahora vas a decirme que nunca has probado un huevo.

—Sí, huevos sí *he* probado —dijo Alicia, que era una niña muy sincera—; pero es que las niñas comen huevos lo mismo que las víboras.

—No lo creo —dijo la Paloma—, pero si así fuera... entonces son una clase de víboras; es todo lo que tengo que decir.

Era ésta una idea tan nueva para Alicia que se quedó sin habla durante un minuto o dos, que dieron a la Paloma la oportunidad de añadir: —Estás buscando los huevos, *lo sé* de sobra; y siendo así, ¿a mí qué más me da que seas una niñita o una víbora?

—Pues *a mi sí* me da, y mucho —contestó Alicia rápidamente—; y resulta que no estoy buscando huevos, y si los estuviera buscando, no serían los *de usted:* no me gustan crudos.

—Bien, entonces lárgate —dijo la Paloma en tono de mal humor mientras volvía a instalarse en su nido. Alicia se agachó entre los árboles como pudo, porque el cuello se le enredaba continuamente entre las ramas y a cada momento tenía que pararse para desenredarlo.

Al cabo de un rato recordó que todavía sostenía los trozos de seta en las manos, y se puso a la faena con mucho cuidado, mordisqueando primero el uno y luego el otro, creciendo unas veces y menguando otras, hasta que logró recuperar su estatura habitual.

Hacía tanto tiempo que no se había acercado a su tamaño normal que, al principio, se sintió algo extraña; pero al cabo de unos minutos se habituó y empezó a hablar consigo misma como de costumbre: «Bueno, ya se ha cumplido la mitad de mi plan. ¡Qué desconcertantes son todos estos cambios! ¡No estar nunca segura de lo que vas a ser dentro de un momento! De todos modos, he recuperado mi tamaño normal; ahora lo siguiente es entrar en ese hermoso jardín…; me pregunto cómo puedo conseguirlo». Mientras decía esto llegó de improviso a un claro en el que había una casita de unos cuatro pies de altura. «Quienquiera que viva ahí —pensó Alicia—, no puedo presentarme con *este* tamaño: se morirían del susto.» Así que empezó a mordisquear de nuevo el trozo de la mano derecha, y sólo se aventuró a acercarse a la casa cuando vio reducida su estatura a nueve pulgadas.

Capítulo VI

CERDO Y PIMIENTA

·⁓ᴄ⁓ᴓᴎᴏ⁓·

Durante uno o dos minutos se quedó contemplando la casa, y estaba preguntándose qué iba a hacer cuando de pronto salió corriendo del bosque un lacayo de librea... (supuso que era un lacayo porque iba de librea: de otro modo, si lo hubiera juzgado por la cara, lo habría tomado más bien por un pez), y golpeó enérgicamente la puerta con los nudillos. Le abrió otro lacayo de librea, de cara redonda y grandes ojos de sapo; y Alicia observó que los dos lacayos llevaban pelucas empolvadas y rizadas en la cabeza. Sintió gran curiosidad por saber qué era lo que ocurría y salió un poco del bosque para escuchar.

El Lacayo-Pez empezó sacando de debajo de su brazo una gran carta, casi tan grande como él mismo, y se la tendió al otro diciéndole en tono solemne: —Para la Duquesa. Una invitación de la Reina para jugar al croquet—. El Lacayo-Sapo repitió en el mismo tono solemne, pero cambiando un poco el orden de las palabras: —De la Reina. Una invitación para la Duquesa para jugar al croquet.

Luego, ambos se hicieron una profunda reverencia y los rizos se les enredaron.

Alicia se rio tanto con esto que tuvo que meterse corriendo en el bosque por miedo a que la oyeran; y cuando volvió a asomarse, el Lacayo-Pez se había ido, y el otro estaba sentado en el suelo cerca de la puerta, mirando estúpidamente al cielo.

Alicia se acercó llena de timidez a la puerta y llamó:

—Es del todo inútil llamar —dijo el lacayo—, y ello por dos razones: primera, porque yo estoy del mismo lado de la puerta que tú; segunda, porque dentro están armando tanta bulla que nadie podría oírte—. Y, realmente, dentro estaban armando un jaleo extraordinario: aullidos y estornudos constantes, acompañados de vez en cuando por un gran estrépito, como si un plato o una olla se hicieran añicos.

—Por favor —dijo Alicia—, dígame entonces cómo puedo entrar.

—Llamar a la puerta podría tener algún sentido —continuó el lacayo, sin hacerle caso— si la puerta estuviese entre nosotros dos. Por ejemplo, si tú estuvieras *dentro,* podrías llamar, y entonces yo podría dejarte salir, ¿entiendes?

No dejaba de mirar al cielo mientras hablaba, cosa que a Alicia le pareció de muy mala educación. «Pero quizá no pueda evitarlo —se dijo para sus adentros—; tiene los ojos tan cerca de la coronilla. De cualquier modo, podría contestar a las preguntas.»

—¿Cómo puedo entrar? —repitió en voz alta.

—Yo estaré sentado aquí hasta mañana —comentó el lacayo.

En ese momento se abrió la puerta de la casa y del interior salió volando un gran plato que iba derecho a la cabeza del lacayo; no hizo más que pasar rozándole la nariz e ir a romperse en mil pedazos contra uno de los árboles que había a sus espaldas.

—... o quizá hasta pasado mañana —prosiguió el lacayo en el mismo tono, como si no hubiera pasado nada.

—¿Cómo puedo entrar? —volvió a preguntar Alicia en tono más alto.

—¿*Tienes* que entrar necesariamente? —dijo el lacayo—. Esa es la primera cuestión, ¿sabes?

Lo era, sin duda; sólo que a Alicia no le gustó que se lo dijeran. «Realmente es espantosa —murmuró para sus adentros— la manera que tienen de discutir todos estos bichos. ¡Es como para volver loco a cualquiera!»

El lacayo pareció pensar que aquélla era una ocasión magnífica para repetir su comentario con variaciones:

—Estaré sentado aquí unas veces sí y otras no, días y días.

—Pero *yo,* ¿qué debo hacer? —dijo Alicia.

—Lo que se te antoje —dijo el lacayo, y se puso a silbar.

—Es inútil hablar con él —dijo Alicia desesperada—; ¡es completamente idiota! —Y abrió la puerta y entró.

La puerta daba directamente a una amplia cocina que estaba toda llena de humo: la Duquesa se hallaba sentada en el centro, en un taburete de tres patas, acunando a un niño; la cocinera se inclinaba sobre el fuego, removiendo un gran caldero que parecía estar lleno de sopa.

«La verdad es que hay demasiada pimienta en esa sopa», se dijo Alicia lo mejor que le permitieron los estornudos.

Había demasiada pimienta, desde luego, en el aire. Hasta la Duquesa estornudaba de vez en cuando; y por lo que se refiere al niño, estornudaba y chillaba alternativamente sin parar. Las únicas criaturas que *no* estornudaban en la cocina eran la cocinera y un enorme gato que estaba tumbado al lado del hogar y que sonreía de oreja a oreja.

—¿Podría decirme —preguntó Alicia con cierta timidez, porque no estaba muy segura de que fuera de buena educación que ella hablase la primera— por qué sonríe así su gato?

—Es un gato de Cheshire —dijo la Duquesa—, y es por eso. ¡Cerdo!

Dijo esta última palabra con una violencia tan repentina que Alicia pegó un brinco; pero no tardó en darse cuenta de que se lo había dicho al niño, y no a ella; así que, recobrando el ánimo, prosiguió:

—No sabía que los gatos de Cheshire estuvieran siempre sonriendo; en realidad, no sabía que los gatos *pudieran* sonreír.

—Pueden todos —dijo la Duquesa—, y la mayoría lo hace.

—Yo no sé de ninguno que lo haga —dijo Alicia con mucha cortesía y satisfecha de haber podido entablar conversación.

—No es mucho lo que sabes —dijo la Duquesa—, eso es lo que parece, de veras.

A Alicia no le gustó nada el tono de este comentario, y pensó que lo mejor sería iniciar algún otro tema de charla. Mientras trataba de encontrar uno, la cocinera apartó el caldero de sopa del fuego e inmediatamente se dedicó a tirar todo lo que encontraba a su alcance contra la Duquesa y el niño: lo primero fueron las tenazas y el atizador, luego siguió un chaparrón de cazos, cacerolas y platos. La Duquesa no pareció darse cuenta, aunque algunos la alcanzaron; y el niño chillaba con tanta fuerza, ya desde antes, que era completamente imposible decir si los golpes le hacían daño o no.

—*Por favor,* tenga cuidado con lo que hace —gritó Alicia, saltando de un lado para otro, medio muerta de miedo—. ¡Ay!, cuidado con su *preciosa* nariz —porque un cazo de dimensiones extraordinarias rozó la nariz del niño y a punto estuvo de arrancársela.

—Si cada cual se metiera en sus propios asuntos —dijo la Duquesa con un gruñido ronco—, el mundo giraría bastante más deprisa de lo que lo hace.

—*No* sería desde luego ninguna ventaja —dijo Alicia, muy contenta de tener ocasión de mostrar algunos de sus conocimientos—. ¡Vaya lío que se armaría con los días y las noches! Ya sabe que la Tierra tarda 24 horas en dar una vuelta alrededor de su eje.

—Hablando de hachas[11] —dijo la Duquesa—, que le corten la cabeza.

---

11 Carroll juega con *axis* (eje) y *axes* (hachas), de pronunciación homofónica en inglés, permitiendo el equívoco de la duquesa. (N. del T.)

Alicia miró con bastante ansiedad a la cocinera, para ver si tenía intención de cumplir la orden; pero la cocinera estaba muy ocupada removiendo la sopa y no pareció hacer caso, por lo que continuó: «*Creo* que son 24, ¿o son 12? Yo...

—A *mí* no me vengas con cuentas —dijo la Duquesa—. Nunca he podido soportar los números —y empezó a mecer de nuevo al niño, cantándole mientras una especie de canción de cuna y propinándole una violenta sacudida al final de cada verso.

> *Riñe fuerte a tu pequeño,*
> *dale fuerte si estornuda;*
> *él por molestar lo hace,*
> *porque sabe que importuna.*

> *CORO*
> *(Al que se unían la cocinera y el niño.)*
> *¡Huy! ¡Huy! ¡Huy!*

Mientras la Duquesa cantaba la segunda estrofa de la canción, zarandeaba al niño violentamente arriba y abajo, y la pobre criaturita aullaba de tal forma que Alicia a duras penas lograba oír las palabras:

> *Riño fuerte a mi pequeño,*
> *fuerte le doy si estornuda,*
> *porque soporta valiente*
> *la pimienta que importuna.*

> *CORO*
> *¡Huy! ¡Huy! ¡Huy!*

—Ven, puedes acunarlo un poco si quieres —le dijo la Duquesa a Alicia, lanzándole el niño por los aires mientras hablaba—. Tengo que ir a prepararme para jugar al croquet con la Reina —y salió a toda prisa de

la habitación. Cuando salía, la cocinera le tiró una sartén, pero falló por muy poco.

Alicia cogió al niño, no sin apuros, porque la criatura tenía una forma bastante extraña y sacaba los brazos y las piernas en todas las direcciones, «igual que una estrella de mar», pensó Alicia. La pobre criaturita jadeaba como una máquina de vapor cuando la tomó en brazos, y se doblaba y retorcía una y otra vez de tal modo que, durante uno o dos minutos, se las vio y deseó para sostenerlo.

Tan pronto como encontró el modo adecuado de acunarlo (tenía que plegarlo en una especie de nudo, y luego sujetarlo con fuerza por la oreja derecha y el pie izquierdo para impedir que se deshiciera el nudo), salió con él fuera: «Si no me llevo a este niño conmigo —pensó Alicia—, seguro que lo matan en un día o dos: ¿no sería un crimen dejarlo ahí dentro?».

Pronunció estas últimas palabras en voz alta, y la criatura respondió con un gruñido (para entonces ya había dejado de estornudar). —No gruñas —le dijo Alicia—, esa no es la mejor manera de expresarte.

El niño gruñó de nuevo, y Alicia miró llena de ansiedad su cara para ver si le ocurría algo. No había duda de que tenía una nariz *muy* respingona, mucho más parecida a un hocico que a una verdadera nariz; además, sus ojos eran pequeñísimos para un niño; total, que a Alicia no le gustó el aspecto de aquella criatura. «Quizá sea sólo que estaba llorando», pensó, mirándole otra vez los ojos para ver si había en ellos lágrimas.

No, no había lágrimas. —Si es que estás volviéndote un cerdo, querido —dijo Alicia muy seria—, te advierto que no quiero saber nada de ti. ¡Así que cuidadito!— La pobre criaturita soltó un quejido (o un gruñido, era imposible definirlo) y siguieron un rato en silencio.

Precisamente Alicia no había hecho más que empezar a preguntarse: «Y ahora, ¿qué voy a hacer con esta criatura si la llevo a casa?», cuando él se puso a gruñir de nuevo con tal violencia que le miró la cara muy asustada. Esta vez no podía haber *ningún* error: ¡no era ni más ni menos que un cerdo! Y entonces comprendió que sería completamente absurdo seguir llevándolo en brazos por más tiempo.

Así pues, dejó a la criaturita en el suelo, y se sintió aliviada viéndolo trotar tranquilamente hacia el bosque. «Si hubiera crecido —se dijo—, habría sido un chico terriblemente feo; pero como cerdo, creo que será un cerdo precioso.» Y se puso a pensar en otros niños que conocía y que podrían estar muy bien como cerdos; justo cuando estaba diciéndose «¡ojalá supiera cómo transformarlos…», se asustó un poco al ver al Gato de Cheshire en la rama de un árbol, a unos pocos pasos.

El Gato se limitó a sonreír cuando vio a Alicia. «Parecía de buen carácter», pensó ella. Pero tenía unas uñas muy largas y muchísimos dientes, por lo que decidió que lo mejor sería tratarle con respeto.

—Minino de Cheshire —empezó a decir en tono tímido, porque no estaba del todo segura de que ese nombre le gustara; sin embargo, el gato amplió más su sonrisa: «Bueno, parece que le está gustando —pensó Alicia, y prosiguió—: ¿Podrías decirme, por favor, qué camino debo tomar desde aquí?».

—Eso depende en gran medida de adónde quieras llegar —dijo el Gato.

—No me preocupa mucho adónde... —dijo Alicia.

—En ese caso, poco importa el camino que tomes —dijo el Gato.

—... con tal de que llegue *a alguna parte* —añadió Alicia a modo de explicación.

—Oh, de llegar a alguna parte puedes estar segura —dijo el Gato—, siempre que camines mucho rato.

Alicia se dio cuenta de que no había nada que oponer a esta respuesta, de modo que probó con otra pregunta:

—¿Qué clase de gente vive por estos lugares?

—En *esa* dirección —dijo el Gato haciendo una vaga señal con su pata derecha— vive un Sombrerero; y en *aquélla* —añadió, señalándola con la otra pata— vive una Liebre de Marzo. Puedes visitar al que quieras: los dos están locos[12].

—Pero si no quiero andar entre locos —observó Alicia.

—Me parece difícil que puedas evitarlo —dijo el Gato—; aquí todo el mundo está loco. Yo estoy loco. Tú estás loca.

—¿Cómo sabes que estoy loca? —preguntó Alicia.

—Debes de estarlo —dijo el Gato—, de otro modo no habrías venido aquí.

Alicia pensó que eso no era prueba suficiente; sin embargo, prosiguió:

—¿Y cómo sabes que tú estás loco?

—Para empezar —dijo el Gato—, los perros no están locos, ¿estás de acuerdo?

—Supongo que no —dijo Alicia.

—Bien —prosiguió el Gato—, entonces verás que un perro gruñe cuando está furioso y mueve la cola cuando está contento. Y yo, por el contrario, gruño cuando estoy contento y muevo la cola cuando estoy furioso. Luego, estoy loco.

—*Yo* llamo a eso ronronear, no gruñir —dijo Alicia.

—Llámalo como te dé la gana —dijo el Gato—. ¿Vas a jugar hoy al croquet con la Reina?

---

12 Carroll utiliza dos expresiones inglesas populares de la época: *mad as a hatter* («loco como un sombrerero») y *mad as a march hare* («loco como una liebre de marzo», o «en marzo»). (N. del T.)

—Me gustaría mucho —dijo Alicia—, pero todavía no me han invitado.

—Allí me verás —dijo el Gato, y desapareció.

No le sorprendió demasiado a Alicia, porque empezaba a acostumbrarse a que pasaran cosas raras. Mientras estaba mirando el lugar donde había estado el Gato, éste volvió a aparecer de repente.

—Dicho sea de paso, ¿qué ha sido del niño? —inquirió el Gato—. Casi se me olvida preguntarlo.

—Se convirtió en un lechón —respondió Alicia muy tranquila, como si la vuelta del Gato fuera completamente natural.

—Estaba seguro de que lo haría —dijo el Gato, y desapareció otra vez.

Alicia aguardó un poco, con la esperanza de volver a verlo, pero el Gato no reapareció y, al cabo de uno o dos minutos, echó a andar en la dirección en que, según le había dicho el Gato, vivía la Liebre de Marzo. «Ya conozco sombrereros —se dijo—; la Liebre de Marzo será mucho más interesante y, como

estamos en mayo, quizá no esté loca furiosa... por lo menos no estará tan loca como en marzo.» Y cuando decía esto miró hacia arriba, y allí estaba otra vez el Gato sentado en la rama de un árbol.

—¿Dijiste lechón o pichón?[13] —preguntó el Gato.

—Dije lechón —contestó Alicia—; y me gustaría que no aparecieras y desaparecieras tan de golpe: ¡me mareas!

—De acuerdo —dijo el Gato, y en esta ocasión desapareció muy despacito, empezando por la punta de la cola y terminando por la sonrisa, que se quedó un rato después que el resto hubo desaparecido.

«Bueno, he visto muchas veces un gato sin sonrisa —pensó Alicia—. ¡Pero una sonrisa sin gato!... Es la cosa más curiosa que he visto en mi vida.»

13 Nuevo juego aprovechando la cercana homofonía de *pig* (cerdo, lechón) y *fig* (higo). (N. del T.)

No tuvo que andar mucho para llegar frente a la casa de la Liebre de Marzo; pensó que aquélla debía de ser la casa, porque las chimeneas tenían forma de orejas y el tejado estaba forrado de piel. Era una casa tan grande que decidió no seguir acercándose sin haber mordisqueado antes un poco del trocito de seta de su mano izquierda y haber alcanzado una altura de dos pies aproximadamente; de cualquier modo, se dirigió hacia la casa con bastante timidez, diciéndose: «¿Y si a pesar de todo estuviese loca furiosa? Casi habría sido mejor haber ido antes a ver al Sombrerero».

Capítulo VII

UNA MERIENDA
DE LOCOS

·⌒⌒⌒·

Frente a la casa había una mesa puesta bajo un árbol, y la Liebre de Marzo y el Sombrerero estaban tomando allí el té; entre ellos había sentado un Lirón, completamente dormido, al que los otros dos usaban de cojín apoyando uno de los codos en él y hablando por encima de su cabeza: «Debe de ser muy incómodo para el Lirón —pensó Alicia—; aunque, como está dormido, supongo que no le importa».

La mesa era grande, pero los tres se habían apiñado muy juntos en una de las esquinas: —¡No hay sitio! ¡No hay sitio! —gritaron cuando vieron acercarse a Alicia.

—¡Esto está *lleno* de sitio! —dijo Alicia indignada, y se sentó en un amplio sillón en un extremo de la mesa.

—¿Quieres un poco de vino? —dijo la Liebre de Marzo en tono conciliador.

Alicia miró por toda la mesa, pero allí no había más que té.

—No veo vino por ninguna parte —observó.

—Es que no lo hay —dijo la Liebre de Marzo.

—Entonces no es muy cortés de su parte ofrecerlo —dijo Alicia indignada.

—Tampoco lo ha sido de la tuya sentarte sin ser invitada —dijo la Liebre de Marzo.

—No sabía que la mesa fuera *suya* —dijo Alicia—; está puesta para muchos más de tres.

—Necesitas un corte de pelo —dijo el Sombrerero, que había estado contemplando a Alicia un buen rato con mucha curiosidad, y esas fueron sus primeras palabras.

—Y usted debería aprender a no hacer observaciones personales —dijo Alicia en tono algo severo—; es de muy mala educación.

El Sombrerero abrió desmesuradamente los ojos al oír aquello; pero sólo *respondió:* —¿En qué se parece un cuervo a un pupitre?

«Vaya, parece que vamos a divertirnos —pensó Alicia—. Me gusta que empiecen jugando a las adivinanzas...»

—Creo que podría adivinarlo —añadió en voz alta.

—¿Quieres decir que crees poder encontrar la solución? —dijo la Liebre de Marzo.

—Exactamente —dijo Alicia.

—Entonces deberías decir lo que quieres decir —añadió la Liebre de Marzo.

—Es lo que hago —se apresuró a replicar Alicia—. ¡O por lo menos..., por lo menos quiero decir lo que digo!... Viene a ser lo mismo, ¿no?

—¡Qué va a ser lo mismo! —dijo el Sombrerero—. Si así fuera, podrías decir que «veo lo que como» es lo mismo que «como lo que veo».

—También podrías decir —añadió la Liebre de Marzo— que «me gusta lo que tengo» es lo mismo que «tengo lo que me gusta».

—También podrías decir —añadió el Lirón, que parecía hablar dormido— que «respiro cuando duermo» es lo mismo que «duermo cuando respiro».

—*Es* lo mismo para ti —dijo el Sombrerero, y en este punto la charla se interrumpió; el grupo guardó silencio durante un minuto, mientras Alicia pensaba en todo lo que podía recordar sobre cuervos y pupitres, que no era mucho.

El Sombrerero fue el primero en romper el silencio: —¿A qué día del mes estamos? —dijo, volviéndose hacia Alicia: sacó su reloj y se puso a mirarlo con aire preocupado, sacudiéndolo de vez en cuando y llevándoselo al oído.

Alicia estuvo pensando un poco, y luego dijo: —A cuatro.

—¡Dos días de retraso! —suspiró el Sombrerero, y añadió mirando enfadado a la Liebre de Marzo—: Te dije que no le sentaría bien la mantequilla al mecanismo.

—Era mantequilla de la *mejor* —replicó la Liebre de Marzo.

—Sí, pero seguro que con la mantequilla se han colado migas de pan —gruñó el Sombrerero—; no debías haberla puesto con el cuchillo de cortar el pan.

La Liebre de Marzo cogió el reloj y lo miró con aire melancólico; luego lo hundió dentro de su taza de té y volvió a mirarlo; pero no se le ocurrió nada mejor que repetir su primer comentario: —Bah, era mantequilla de la *mejor.*

Alicia había estado mirando por encima del hombro de la Liebre con cierta curiosidad: —¡Qué reloj más divertido! —observó—. Marca los días del mes y no marca las horas.

—¿Por qué habría de hacerlo? —masculló el Sombrerero—. ¿Te dice acaso tu reloj los años?

—Claro que no —replicó Alicia en el acto—, pero es porque estamos en el mismo año mucho tiempo.

—Precisamente eso es lo que le ocurre al *mío* —dijo el Sombrerero.

Alicia quedó terriblemente desconcertada. La apostilla del Sombrerero no parecía tener sentido y, sin embargo, era gramaticalmente correcta. —No acabo de entenderlo —dijo con la mayor amabilidad posible.

—¡El Lirón ha vuelto a dormirse! —exclamó el Sombrerero, y vertió un poco de té caliente sobre su hocico.

El Lirón sacudió la cabeza molesto, y dijo sin abrir los ojos:

—Claro, claro, es precisamente lo que yo iba a decir.

—¿Ya has adivinado la adivinanza? —preguntó el Sombrerero, volviéndose de nuevo hacia Alicia.

—No, y me rindo —contestó Alicia—. ¿Cuál es la respuesta?

—No tengo ni la más remota idea —confesó el Sombrerero.

—Ni yo —dijo la Liebre de Marzo.

Alicia suspiró cansada: —Creo que podrían ustedes aprovechar mejor el tiempo en vez de malgastarlo con adivinanzas que no tienen respuesta —les dijo.

—Si conocieses el Tiempo tan bien como yo —dijo el Sombrerero—, no hablarías de malgastar*lo* como si fuera una cosa. Es una persona.

—No entiendo lo que quiere decir —contestó Alicia.

—Naturalmente que no —dijo el Sombrerero, moviendo la cabeza con aire despectivo—. Estoy seguro de que ni siquiera has hablado nunca con el Tiempo.

—¡Quizá no! —contestó Alicia con cautela—, pero sé que tengo que marcar el tiempo cuando aprendo música[14].

---

14 *Time* —que Carroll cuida de escribir con mayúscula cuando pone la palabra en labios del Sombrerero— significa «tiempo» y «medida», «compás». En el original: *I know I have to beat Time when I learn music* («Sé que en mi clase de música tengo que llevar el compás»). A lo que responde el Sombrerero: *Ah! that accounts for it. He won't stand beating* («Ah, eso lo explica todo. No soporta que le peguen»). También se emplea en castellano «marcar el tiempo», «marcar los tiempos» o «llevar el compás», que me facilita construir un juego de palabras semejante al de Carroll. Al utilizar «marcar» obligado por el juego para traducir *to beat time* añado «como si fuera ganado». (N. del T.)

—Ah, eso lo explica todo —dijo el Sombrerero—. El Tiempo no soporta que lo marquen como si fuese ganado. Pero si estuvieras a buenas con él, él podría hacer casi todo lo que tú quisieras con el reloj. Por ejemplo, supón que tus clases empiezan a las nueve de la mañana: no tienes más que susurrar una insinuación al Tiempo para que las agujas empiecen a girar en un santiamén. ¡La una y media, hora de comer!

—¡Cómo me gustaría que lo fuera ahora! —murmuró para sí la Liebre de Marzo.

—¡Sería realmente grandioso! —exclamó Alicia pensativa—. Pero entonces no tendría apetito, ¿sabe?

—Al principio quizá no —dijo el Sombrerero—, pero podrías quedarte en la una y media cuanto quisieras.

—¿Es eso lo que *usted* hace? —preguntó Alicia.

El Sombrerero movió la cabeza con tristeza: —No, por desgracia no es eso —replicó—. Nos peleamos en marzo..., justo antes de que *ella* se volviera loca —dijo, apuntando con su cucharilla de té a la Liebre de Marzo—: ocurrió durante un gran concierto que dio la Reina de Corazones, en el que yo canté:

¡Tiembla, tiembla, pequeño murciélago!
Qué andarás haciendo ahora.

¿Conoces por casualidad la canción?

—Algo parecido he oído —dijo Alicia.

—Como sabes —prosiguió el Sombrerero—, continúa así:

Vuela, vuela por encima del mundo,
como una bandeja de té en el cielo.
Tiembla, tiembla...

En ese momento el Lirón se estremeció y empezó a cantar dormido:

—Tiembla, tiembla, tiembla, tiembla—, y siguió así tanto tiempo que tuvieron que darle pellizcos para que parase.

—Bueno, pues nada más acabar la primera estrofa —continuó el Sombrerero—, la Reina dio un salto y se puso a chillar: —¡Está matando el tiempo! ¡Que le corten la cabeza!».

—¡Qué terrible salvajada! —exclamó Alicia

—Y desde entonces —prosiguió el Sombrerero en tono sombrío—, no quiere hacer nada de lo que le pido. Ahora siempre son las seis.

Una brillante idea se abrió paso en la mente de Alicia: —¿Es esa la razón de que haya aquí tantos cubiertos de té? —preguntó.

—Sí, esa es —dijo el Sombrerero suspirando—; aquí siempre es la hora del té, y entre té y té no tenemos tiempo para lavar las cosas.

—Supongo entonces que se dedican a pasar de un sitio a otro alrededor de la mesa —dijo Alicia.

—Eso mismo —dijo el Sombrerero—, a medida que se ensucian las tazas.

—¿Y qué pasa cuando llegan de nuevo al principio? —se atrevió a preguntar Alicia.

—¿Por qué no cambiamos de tema? —les interrumpió bostezando la Liebre de Marzo—. Éste ya me está cansando. Propongo que la señorita nos cuente un cuento.

—Me temo que no sé ninguno —dijo Alicia, bastante alarmada por la propuesta.

—¡Entonces que lo haga el Lirón! —exclamaron los dos al mismo tiempo—. ¡Despierta, Lirón! —y le pellizcaron por los dos lados a la vez.

El Lirón abrió lentamente los ojos: —No estaba dormido —dijo con una voz ronca y débil—. He oído todo lo que habéis dicho, amigos.

—Cuéntanos un cuento —dijo la Liebre de Marzo.

—Anda, por favor —pidió Alicia.

—Y deprisa —añadió el Sombrerero—, o te volverás a dormir antes de acabarlo.

—Había una vez tres hermanitas —empezó el Lirón a toda prisa— que se llamaban Elsie, Lacie y Tillie, y que vivían en el fondo de un pozo...

—¿Y de qué se alimentaban? —dijo Alicia, muy interesada siempre por las cuestiones de comida y bebida.

—¡Se alimentaban de melaza! —dijo el Lirón, después de pensar uno o dos minutos.

—No podían vivir de eso, ¿sabe? —observó Alicia con delicadeza—; habrían enfermado.

—Por eso estaban *tan* enfermas —dijo el Lirón.

Alicia trató de imaginarse cómo sería aquel modo tan extraordinario de vida, pero la desconcertaba demasiado; así que continuó: —Pero ¿por qué vivían en el fondo de un pozo?

—Toma un poco más de té —le dijo la Liebre de Marzo a Alicia, muy seria.

—Si todavía no he tomado nada —replicó Alicia en tono ofendido—, no puedo tomar un poco más.

—Querrás decir que no puedes tomar *menos* —dijo el Sombrerero—; es mucho más fácil tomar *más* que nada.

—A *usted* nadie le ha pedido su opinión —contestó Alicia.

—¿Quién está haciendo ahora observaciones personales? —preguntó triunfalmente el Sombrerero.

Como Alicia no supo qué contestarle, se sirvió un poco de té y pan con mantequilla y, volviéndose al Lirón, repitió la pregunta: —¿Por qué vivían en el fondo de un pozo?

El Lirón se tomó otra vez uno o dos minutos para pensarlo, y luego dijo: —Era un pozo de melaza.

—Eso no existe —empezó a decir Alicia muy furiosa, pero el Sombrerero y la Liebre de Marzo exclamaron: —¡Chiss, chiss!—, y el Lirón observó en tono desabrido: —Si no eres capaz de ser educada, será mejor que termines tú el cuento.

—No, por favor, siga —dijo Alicia humildemente—. No volveré a interrumpirlo. Tal vez, puede que exista *uno*.

—Uno *sí* —dijo el Lirón indignado. Pero accedió a seguir—: Así pues, las tres hermanitas... estaban aprendiendo a sacar...[15]

—¿Y qué sacaban? —preguntó Alicia, que ya se había olvidado por completo de su promesa.

—Melaza —dijo el Lirón sin pensárselo esta vez.

—Quiero una taza limpia —le interrumpió el Sombrerero—, ¡tenemos que corrernos un puesto!

Y se cambió de sitio, seguido por el Lirón; la Liebre de Marzo se movió hasta el puesto del Lirón, y Alicia, de mala gana, ocupó el de la Liebre de Marzo. El Sombrerero era el único que había salido ganando con el cambio, mientras que Alicia estaba mucho peor que antes, porque la Liebre de Marzo acababa de derramar la jarra de la leche en su plato.

Alicia no quiso ofender otra vez al Lirón, por lo que empezó con mucha cautela: —Pues no lo entiendo. ¿De dónde sacaban la melaza?

—Puedes sacar agua de un pozo de agua —dijo el Sombrerero—, por lo tanto imagino que puedes sacar melaza de un pozo de melaza, ¿no, estúpida?

—Pero si estaban *dentro* del pozo —dijo Alicia al Lirón, sin darse por enterada del último comentario.

—Claro que estaban dentro —dijo el Lirón—, y bien dentro[16].

Esta respuesta dejó tan confusa a la pobre Alicia que permitió al Lirón proseguir un rato sin interrupciones.

—Estaban aprendiendo a dibujar —prosiguió el Lirón bostezando y frotándose los ojos porque empezaba a tener mucho sueño—, y dibujaban toda clase de cosas..., todo lo que empieza con M...

—¿Por qué con M? —preguntó Alicia.

---

15 *They were learning to draw: to draw* tiene dos sentidos: «sacar, extraer agua de un pozo» y, además, «dibujar», que aparecerá líneas más adelante en sustitución del primer sentido, cuando el Lirón repita la frase. Igualmente he adaptado los objetos que dibujaban, y que comienzan por M. (N. del T.)

16 En inglés, Carroll juega con el doble sentido de *well*, a un tiempo «bien» y «pozo». (N. del T.)

—¿Y por qué no? —dijo la Liebre de Marzo.

Alicia se calló.

Mientras, el Lirón ya había cerrado los ojos y daba cabezadas; pero, al pellizcarle el Sombrerero, volvió a despertarse soltando un breve chillido, y continuó: —Todo lo que empieza con M, como matarratas, mariposas, memoria y mucho... Ya sabéis, como cuando se dicen cosas como "mucho más que menos"... ¿Has visto alguna vez algo tan impresionante como un mucho bien dibujado?...

—La verdad, ahora que me lo preguntas —dijo Alicia muy confusa—, no creo...

—Entonces, cállate —dijo el Sombrerero.

Esta muestra de grosería era más de lo que Alicia podía soportar. Se levantó muy indignada y se alejó; el Lirón se quedó dormido en el acto, y ninguno de los otros dio la menor señal de enterarse de la marcha de Alicia, a pesar de que se volvió una o dos veces, medio esperando que la llamaran; la última vez que los vio estaban intentando meter al Lirón dentro de la tetera.

«¡De cualquier modo, bah, *ahí* no volveré nunca! —dijo Alicia, mientras buscaba su sendero en el bosque—. ¡Es el té más estúpido que he visto en mi vida!»

Nada más decir esto, se fijó en que uno de los árboles tenía una puerta por la que se podía entrar en el árbol: «Esto sí que es curioso —pensó—. Bueno, hoy todo es muy curioso. Creo que puedo entrar por las buenas». Y entró.

Una vez más volvió a encontrarse en el largo vestíbulo y junto a la pequeña mesa de cristal. «Esta vez lo haré mejor» —se dijo a sí misma, y empezó por tomar la llavecita de oro y abrir la puerta que daba al jardín. Luego se puso a mordisquear la seta (se había guardado un trocito en el bolsillo) hasta que su tamaño se redujo a un pie de altura; y *entonces...* se encontró por fin en el hermoso jardín, entre los brillantes macizos de flores y las frescas fuentes.

Capítulo VIII

EL CAMPO DE CROQUET DE LA REINA

Había un gran rosal junto a la entrada del jardín; las rosas que en él crecían eran blancas, pero había tres jardineros pintándolas, muy afanosos, de rojo. Alicia pensó que aquello era muy raro, y se acercó para mirar; precisamente cuando llegaba junto a ellos oyó decir a uno: —¡Eh, Cinco, ten cuidado, que me estás salpicando de pintura!

—No he podido evitarlo —dijo Cinco en tono de mal humor—. Siete me ha dado un codazo.

Ante lo cual, Siete levantó la vista y dijo: —Ésta sí que es buena, Cinco. Siempre echando la culpa a los demás.

—Y tú mejor harías callándote —dijo Cinco—. Ayer mismo le oí decir a la Reina que merecías que te cortasen la cabeza.

—¿Por qué? —preguntó el que había hablado primero.

—Eso a ti no *te* importa, Dos —respondió Siete.

—Claro que *le* importa —dijo Cinco—, y se lo voy a contar: fue por llevarle a la cocinera bulbos de tulipán en vez de cebollas.

Siete tiró la brocha al suelo y, nada más empezar a decir: «Vaya, de todas las cosas injustas»..., sus ojos se posaron en Alicia, que estaba mirándolos, y se detuvo en el acto; los otros también se volvieron a mirar y los tres hicieron una profunda reverencia.

—¿Podríais decirme por qué estáis pintando esas rosas? —dijo Alicia con cierta timidez.

Cinco y Siete no dijeron nada, pero miraron a Dos. Dos empezó en voz baja: —Verá usted, señorita, lo cierto es que este tenía que haber sido un rosal *rojo,* pero pusimos uno blanco por equivocación; y si la Reina se entera, seguro que nos corta la cabeza a todos, ¿sabe? Como puede ver, señorita, hacemos lo que podemos antes de que venga para...—. En ese momento Cinco, que había estado mirando preocupado la otra punta del jardín, gritó:

—¡La Reina, la Reina! —y al instante los tres jardineros se tiraron de bruces al suelo. Se oía un murmullo de muchos pasos, y Alicia se volvió para mirar alrededor, ansiosa por ver a la Reina.

Primero llegaron 10 soldados cargados de bastos; todos eran como los tres jardineros, rectángulos y planos, con las manos y los pies en las esquinas; luego llegaron 10 cortesanos, todos adornados con diamantes[17] y que caminaban de dos en dos, como los soldados. Detrás venían los príncipes, que eran 10; estas encantadoras criaturitas venían saltando alegremente, agarradas de la mano, por parejas, y adornadas con corazones. Después venían los invitados, Reyes y Reinas en su mayoría, y entre ellos Alicia reconoció al Conejo Blanco, que hablaba sin parar y muy nervioso, respondiendo con una sonrisa a cuanto se decía; pasó a su lado sin fijarse en ella. Luego venía la Sota de corazones, trayendo la corona del Rey sobre un cojín de terciopelo escarlata; y, cerrando la gran procesión, venían EL REY y LA REINA DE CORAZONES.

Alicia se preguntó si debía tirarse al suelo como los tres jardineros, pero no recordaba que le hubieran hablado nunca de tal protocolo para un cortejo; «y además, ¿para qué sirve un cortejo —pensó—, si la gente tiene que tirarse boca abajo y se queda sin verlo?». Así que se quedó donde estaba y esperó.

Cuando el cortejo llegó a la altura de Alicia, se pararon todos y la miraron, y la Reina dijo con severidad: —¿Quién es ésta?—. Se lo preguntó a la Sota de Corazones, que se limitó a inclinarse y a sonreír por toda respuesta.

—¡Idiota! —dijo la Reina, moviendo de un lado para otro la cabeza, muy impaciente; y, volviéndose hacia Alicia, añadió—: ¿Cómo te llamas, niña?

—Me llamo Alicia, con la venia de Su Majestad —dijo Alicia con mucha cortesía; pero agregó para sus adentros—: «Bueno, después de todo, no son más que un mazo de cartas ¡No hay por qué tenerles miedo!».

—¿Y quiénes son *esos*? —dijo la Reina señalando a los tres jardineros que estaban tendidos alrededor del rosal; porque como se habían tirado

---

17 En el párrafo, Carroll juega con dos términos: *club* y *diamond*. *Club* significa «garrote, maza» y también, en el juego de cartas, «as de trébol». *Diamond* puede significar «diamante» y, en el juego de cartas, «as de diamantes». (N. del T.)

bocabajo, y el dibujo de sus espaldas era el mismo que el del resto de las cartas, como comprenderéis no podía saber si eran jardineros, soldados, cortesanos, o tres de sus propios hijos.

—¡Y *yo* qué sé! —dijo Alicia, sorprendida de su propio valor—. No es asunto *mío*.

La Reina se puso roja de cólera y, tras lanzarle durante un momento una mirada de bestia salvaje, chilló: —¡Que le corten la cabeza..., que se la corten!

—Tonterías —dijo Alicia en voz alta y decidida, y la Reina guardó silencio.

El Rey puso la mano sobre el brazo de la Reina, y tímidamente dijo: —Ten en cuenta, querida, que es sólo una niña.

La Reina se apartó de su lado furiosa, y le dijo a la Sota de Corazones: —¡Dales la vuelta!

La Sota así lo hizo, muy cuidadosamente, con un pie.

—¡De pie! —chilló la Reina con voz estridente y estrepitosa, e inmediatamente los tres jardineros dieron un brinco y empezaron a hacer reverencias al Rey, a la Reina, a los príncipes y a todo el mundo.

—Ya está bien —gritó la Reina—, me estáis mareando —y luego, volviéndose hacia el rosal, añadió—: ¿Qué *estabais* haciendo aquí?

—Con la venia de Su Majestad —dijo Dos, en tono humildísimo e hincando una rodilla en tierra mientras hablaba—, intentábamos...

—¡*Ya* lo veo! —dijo la Reina, que mientras tanto había estado examinando las rosas—. ¡Que les corten la cabeza! —y el cortejo continuó su marcha, mientras tres soldados se quedaban detrás para ejecutar a los desventurados jardineros, que corrieron hacia Alicia en busca de protección.

—No os cortarán la cabeza —dijo Alicia, y los metió en una gran maceta que había allí cerca. Los tres soldados dieron vueltas buscándolos durante uno o dos minutos, y luego, tranquilamente, se marcharon tras los demás.

—¿Les habéis cortado la cabeza? —gritó la Reina.

—¡Sus cabezas han desaparecido, con la venia de Su Majestad! —gritaron a modo de respuesta los tres soldados[18].

—¡Está bien! —chilló la Reina—. ¿Sabéis jugar al croquet?

Los soldados se callaron mirando en dirección a Alicia, pues la pregunta era evidentemente para ella.

—Sí —gritó Alicia.

—¡Entonces, ven! —rugió la Reina, y Alicia se unió a la comitiva, preguntándose qué iba a pasar ahora.

---

18 Carroll utiliza una expresión ambigua: *to be gone*, de modo que los soldados responden a la pregunta de la reina con una elusión, cuando ella cree que se trata de una respuesta afirmativa. (N. del T.)

—¡Vaya día!... ¡Es un día espléndido! —dijo una tímida voz a su lado. Caminaba al lado del Conejo Blanco, que contemplaba su cara lleno de calma.

—Espléndido, sí —contestó Alicia—. ¿Dónde está la Duquesa?

—¡Chiss, chiss! —dijo el Conejo en voz baja y con tono angustiado. Echó una mirada llena de ansiedad por encima del hombro mientras hablaba, y luego se puso de puntillas, pegó su boca al oído de Alicia y susurró—: ¡Está condenada a muerte!

—¿Por qué? —dijo Alicia.

—¿Has dicho «¡qué lástima!»? —preguntó el Conejo.—No, no he dicho eso —dijo Alicia—, no creo que sea ninguna lástima. He dicho «¿por qué?».

—Le dio un tortazo a la Reina en las orejas —empezó a decir el Conejo. Alicia soltó una risita—. Chiss, calla —susurró el Conejo asustado—. Puede oírte la Reina. Mira, es que la Duquesa ha llegado con mucho retraso y la Reina ha dicho...

—Ocupad vuestros puestos —gritó la Reina con voz de trueno, y todo el mundo echó a correr en todas direcciones tropezando unos con otros; sin embargo, al cabo de uno o dos minutos consiguieron ocupar sus puestos y empezó el juego.

Alicia pensó que nunca hasta entonces había visto un campo de croquet tan curioso: estaba todo lleno de hoyos y montículos, las pelotas de croquet eran erizos vivos, los mazos flamencos, también vivos, y los soldados tenían que doblarse apoyando las manos y los pies en el suelo para hacer de arcos.

La mayor dificultad con que Alicia se encontró al principio fue el manejo de su flamenco: consiguió poner el cuerpo debajo de su brazo con cierta comodidad, con las patas colgando, pero, por regla general, justo cuando conseguía enderezarle delicadamente el cuello y estaba a punto de golpear con su cabeza al erizo, al flamenco *le daba* por volverse y mirar a Alicia con una expresión tan asombrada que la niña no podía contener la risa; y cuando conseguía bajarle de nuevo la cabeza y se disponía a empezar de nuevo, era desesperante ver que el erizo se había desenrollado y se alejaba arrastrándose. Por si fuera poco, generalmente había un hoyo o un montículo en el camino por donde quería empujar al erizo, y como los soldados doblados estaban siempre levantándose y trasladándose a otras partes del campo, Alicia no tardó en llegar a la conclusión de que aquél era realmente un juego muy difícil.

Todos los jugadores jugaban a la vez, sin esperar su turno, discutiendo constantemente y peleándose por los erizos; al cabo de poquísimo tiempo, la Reina montó en cólera y se puso a patalear y a chillar: «¡Que le corten a ese la cabeza!» y «¡Que le corten a esa la cabeza!» a cada instante.

Alicia empezó a sentirse muy incómoda: cierto que aún no había tenido ninguna pelea con la Reina, pero sabía que podía producirse en cualquier momento, «y entonces —pensó—, ¿qué será de mí? Aquí son terriblemente aficionados a cortarle la cabeza a la gente, ¡lo que me maravilla es que todavía quede alguno vivo!».

Estaba buscando alguna forma de escapar y preguntándose si podría alejarse sin que la vieran, cuando contempló una extraña aparición en el aire: al principio quedó desconcertada, pero tras mirarla uno o dos minutos comprendió que era una sonrisa, y se dijo: «Es el Gato de Cheshire; ahora tendré alguien con quien charlar.»

—¿Qué tal te va? —dijo el Gato tan pronto como tuvo boca bastante para hablar.

Alicia esperó a que aparecieran los ojos, y entonces le saludó con la cabeza: «Es inútil hablarle —pensó— hasta que no lleguen las orejas, o al menos una». Al cabo de un momento apareció toda la cabeza, y Alicia soltó el flamenco y se puso a explicarle cómo era el juego, muy contenta de tener alguien que la escuchara. El Gato pareció pensar que ya había una parte suficientemente visible de su persona, y no apareció nada más.

—No creo que jueguen sin hacer trampas —empezó a decir Alicia en tono bastante quejoso—, y discuten tanto todos que ni siquiera puede una oírse hablar…, además de que no parece que haya ninguna regla en particular; y, si las hay, nadie les hace caso…, y no puedes hacerte idea de lo molesto que resulta que todas estas cosas estén vivas; por ejemplo, el arco que tengo que atravesar ahora está paseando por el otro extremo del campo… ¡Y hace un momento le habría propinado un buen golpe al erizo de la Reina de no ser porque escapó al ver llegar el mío!

—¿Qué te parece la Reina? —dijo el Gato en voz baja.

—No me gusta nada —dijo Alicia—, está tan extremadamente… —en ese preciso momento se dio cuenta de que la Reina estaba justo detrás de ella escuchando, por lo que continuó—: … segura de ganar que no merece la pena seguir jugando.

La Reina sonrió y prosiguió su camino.

—¿A quién le *estás* hablando? —dijo el Rey, acercándose a Alicia y mirando hacia la cabeza del Gato con mucha curiosidad.

—A un amigo mío…, al Gato de Cheshire —dijo Alicia—; permítame que se lo presente.

—No me gusta nada su aspecto —dijo el Rey—; sin embargo, puede besarme la mano si quiere.

—Mejor no —observó el Gato.

—¡No seas impertinente, y no mires así! —dijo el Rey, que se puso detrás de Alicia mientras hablaba.

—Un gato puede mirar a un Rey[19] —dijo Alicia—. Lo he leído en algún libro, pero no recuerdo en cuál.

—Bueno, hay que echarlo de aquí —dijo el Rey con aire decidido, y llamó a la Reina, que pasaba en ese momento—: Querida, me gustaría que mandaras echar a ese gato.

La Reina sólo tenía una forma de resolver las dificultades, grandes o pequeñas: —¡Que le corten la cabeza!—, dijo sin volverse siquiera.

—Yo mismo buscaré al verdugo —dijo el Rey impaciente, y se alejó a toda prisa.

Alicia estaba pensando que podría volver al juego y ver cómo iba cuando oyó la voz de la Reina a lo lejos, chillando furiosa. Ya había oído sentenciar a muerte a tres de los jugadores por haberse adelantado de turno, y no le gustaba nada el giro que empezaban a tomar las cosas, porque reinaba tal confusión en el juego que no sabía cuándo era su turno o cuándo no era. Así que se fue a buscar su erizo.

El erizo estaba enzarzado en una pelea con otro erizo, cosa que a Alicia le pareció una oportunidad excelente para golpear al uno con el otro: la única dificultad era que su flamenco se había ido a la otra punta del jardín, donde Alicia podía verlo intentando desesperadamente volar para encaramarse en un árbol.

Antes de que lograra atrapar su flamenco y traerlo de vuelta, la pelea había terminado, y los dos erizos habían desaparecido. «No tiene la menor importancia —pensó Alicia—, porque todos los arcos se han marchado de esta parte del campo.» Así pues, se lo colocó debajo del brazo para que no volviera a escaparse, y regresó a charlar un rato con su amigo.

Cuando llegó donde estaba el Gato de Cheshire, quedó sorprendida al encontrar una gran multitud reunida en torno suyo: había una pelea entre el verdugo y el Rey y la Reina, que hablaban al mismo tiempo mientras los demás permanecían completamente callados y parecían sentirse muy incómodos.

---

19 *A cat may look at a king*: proverbio que pone de manifiesto la dignidad y los derechos de todo ciudadano ante la autoridad y la justicia. (N. del T.)

En el momento en que apareció Alicia, los tres apelaron a ella para que resolviera la discusión; le repitieron sus argumentos, aunque, como todos hablaban a la vez, le resultó muy difícil comprender exactamente lo que decían.

El verdugo alegaba que no podía cortarse la cabeza si no existía un cuerpo del que cortarla; que él nunca había hecho nada parecido hasta entonces y que no iba a empezar a hacerlo a estas alturas de *su* vida.

El Rey decía que cualquier cosa que tuviera cabeza podía ser decapitada, y que ya estaba bien de tonterías.

La Reina aducía que, si no se solucionaba aquello inmediatamente, mandaría ejecutar a todo el mundo. (Este último comentario era lo que había puesto tan seria e inquieta a toda la asamblea.)

A Alicia no se le ocurrió cosa mejor que decir: —Es de la Duquesa; mejor sería preguntárselo a *ella*.

—Está en la cárcel —le dijo la Reina al verdugo—. Tráela aquí —y el verdugo echó a correr como una flecha.

La cabeza del Gato empezó a esfumarse en el momento en que se fue, y cuando volvió con la Duquesa había desaparecido por completo; así que el Rey y el verdugo se pusieron a correr buscándolo por todas partes, mientras el resto de los asistentes volvían al juego.

Capítulo IX

HISTORIA DE LA
TORTUGA ARTIFICIAL[20]

No sabes cuánto me alegra volver a verte —dijo la Duquesa, pasando afectuosamente su brazo bajo el de Alicia; y se pusieron a pasear juntas.

Alicia se alegró mucho de encontrarla de tan buen humor, y pensó que tal vez fuera sólo la pimienta lo que la había puesto tan furiosa cuando se encontraron en la cocina.

«Cuando *yo sea* Duquesa —se dijo a sí misma (aunque en tono de no hacerse muchas esperanzas de serlo)—, no tendré en mi cocina *ni un solo* grano de pimienta. La sopa puede pasarse sin ella. Quizá sea la pimienta lo que calienta la cabeza de la gente —prosiguió muy contenta por haber descubierto una receta nueva—, y el vinagre, que los vuelve tan agrios..., y la manzanilla, que los amarga... y... y el alfeñique y el resto de cosas parecidas que hacen a los niños tan dulces. Me gustaría que la gente lo supiera, porque entonces no serían tan tacaños con los dulces.»

---

20 Alusión a la *mock turtle soup* («sopa de tortuga artificial»), famosa en la época de Carroll y que nada tenía que ver con la tortuga. Se trataba de una especie de mermelada o jarabe hecho de caldo de cabeza de vaca que se diluía en agua o se untaba (y se unta en la actualidad) en las tostadas. De ahí el dibujo de la Tortuga en este mismo capítulo. (N. del T.)

Mientras, se había olvidado por completo de la Duquesa, y se sobresaltó un poco al oír su voz murmurarle al oído: —Estás pensando algo, querida, y se te olvida hablar. No puedo decirte ahora la moraleja que se deduce de tal hecho, pero no tardaré en recordarla.

—Puede que no tenga ninguna moraleja —se aventuró a comentar Alicia.

—¡Calla, niña! —respondió la Duquesa—. Todo tiene su moraleja, sólo que hay que encontrarla —y mientras decía esto se apretaba más contra Alicia.

No era precisamente tenerla tan cerca lo que más podía agradar a Alicia: primero, porque la Duquesa era *muy* fea; y segundo, porque tenía la estatura justa para apoyar la barbilla en el hombro de Alicia, y era una barbilla desagradablemente puntiaguda. Pero como tampoco quería ser grosera, aguantó lo mejor que pudo.

—Parece que ahora la partida va mejor —dijo Alicia para alimentar un poco la conversación.

—Así es —replicó la Duquesa—, y puede sacarse la moraleja siguiente: «Oh, es el amor, es el amor, el que hace marchar el mundo alrededor».

—Alguien dijo —susurró Alicia— que marcharía mejor si cada cual se ocupara de sus asuntos.

—Bueno, viene a ser lo mismo —dijo la Duquesa, clavando su pequeña y puntiaguda barbilla en el hombro de Alicia, mientras añadía—: Y la moraleja de *esto* es: «Cuida del sentido, y los sonidos se cuidarán por sí mismos».

«Qué manía de sacarle moraleja a todo», pensó Alicia.

—Apuesto a que te preguntas por qué no paso el brazo alrededor de tu cintura —dijo la Duquesa después de una pausa—; pues porque tengo mis dudas sobre el carácter de tu flamenco. ¿Quieres que haga la prueba?

—A lo mejor le da un picotazo —replicó Alicia con cautela, sin la menor gana de hacer el experimento.

—Muy cierto —dijo la Duquesa—: los flamencos y la mostaza, los dos pican. Y la moraleja es: «Pájaros de igual plumaje, juntos vuelan».

—Pero si la mostaza no es un pájaro —observó Alicia.

—Correcto, como siempre —dijo la Duquesa—. ¡Qué manera tan clara tienes de plantear las cosas!

—*Creo* que es un mineral —dijo Alicia.

—Claro que lo es —afirmó la Duquesa, que parecía dispuesta a decir que sí a todo cuanto saliera de los labios de Alicia—. Cerca de aquí hay una gran mina de mostaza. Y la moraleja es: «La mina es tuya, y la tuya es mía[21]».

—¡Ah, ya sé! —exclamó Alicia, que no había escuchado el último comentario—. Es un vegetal. No lo parece, pero lo es.

—Estoy completamente de acuerdo contigo —dijo la Duquesa—; y la moraleja es: «Sé lo que quieres parecer»; o para decirlo más sencillamente: «Nunca te imagines diferente de lo que puedas parecer a los demás; que lo que eras o habrías podido ser no fuera diferente de lo que habías sido que habría podido parecerles diferente».

---

21 *The more there is of mine, the less there is of yours* («Cuanto más hay de lo mío —o de la mina— menos hay de lo tuyo»). Juego basado en *mine*, que en inglés es el posesivo «mío» además de «mina». (N. del T.)

—Creo que lo entendería mejor —dijo Alicia con mucha delicadeza— si lo viera por escrito. Tal como lo dice usted, me resulta imposible seguirlo.

—Eso no es nada comparado a como podría decirlo, si quisiera —contestó la Duquesa en tono satisfecho.

—Le ruego que no se moleste en decir cosas tan largas —dijo Alicia.

—Bah, no es molestia —dijo la Duquesa—. Te regalo todo lo que he dicho hasta ahora.

«¡Vaya regalito tan barato! —pensó Alicia—. ¡Menos mal que la gente no suele hacer regalos como ese en los cumpleaños!» —pero no se atrevió a decirlo en voz alta.

—¿Otra vez estás pensando? —preguntó la Duquesa, incrustándole de nuevo su puntiaguda barbilla.

—Tengo derecho a pensar —contestó Alicia en tono seco, porque empezaba a estar algo enfadada.

—Precisamente el mismo derecho —dijo la Duquesa— que un cerdo a volar, y la mo...

Pero en ese instante, para gran sorpresa de Alicia, la voz de la Duquesa se apagó en medio de su palabra favorita, «moraleja», y el brazo que tenía pasado entre los suyos empezó a temblar. Alicia levantó la vista y encontró delante a la Reina con los brazos cruzados y el ceño fruncido como presagio de tormenta.

—Hermoso día, Majestad —empezó a decir la Duquesa en voz baja y temblorosa.

—Te lo advierto por última vez —rugió la Reina, pateando el suelo mientras hablaba—; tú o tu cabeza debéis desaparecer, y en el acto, en un santiamén. ¡Tú eliges!

La Duquesa eligió y desapareció en un abrir y cerrar de ojos.

—Sigamos con el juego —le dijo la Reina a Alicia, que estaba demasiado asustada para decir algo; pero la siguió lentamente al campo de croquet.

Los demás invitados habían aprovechado la ausencia de la Reina para tumbarse a la sombra; sin embargo, nada más verla, volvieron al juego, mientras la Reina se limitó a advertirles en tono lacónico que el menor retraso les costaría la vida.

Durante todo el tiempo que duró el juego, la Reina no dejó de discutir con los demás jugadores ni de gritar: «¡Que le corten a ese la cabeza! ¡Que le corten a esa la cabeza!». Los soldados agarraban a los sentenciados y, como es lógico, tenían que dejar de hacer de arcos, por lo que al cabo de media hora o así ya no quedaban arcos, y todos los jugadores, menos el Rey, la Reina y Alicia, estaban bajo custodia con una sentencia de ejecución.

Entonces la Reina, sin aliento, abandonó la partida y le dijo a Alicia:

—¿Has visto ya a la Tortuga Artificial?

—No —dijo Alicia—. Ni siquiera sé lo que es una Tortuga Artificial.

—Es con lo que se hace la sopa de Tortuga Artificial —dijo la Reina.

—Nunca he visto ninguna, y tampoco he oído hablar de ella —confesó.

—Entonces ven —ordenó la Reina—, y así te contará su historia.

Cuando se alejaban, Alicia oyó decir al Rey en voz baja dirigiéndose a toda la reunión: «Quedáis todos perdonados». «¡Vaya, eso está mejor!» —se dijo Alicia, porque le daba mucha pena el gran número de ejecuciones que ordenaba la Reina.

No tardaron en encontrarse con un Grifo, que estaba tumbado y profundamente dormido al sol. (Si no sabéis lo que es un Grifo, mirad el dibujo.)

—¡Arriba, holgazán! —dijo la Reina—, y lleva a esta señorita a ver a la Tortuga Artificial para que oiga su historia. Yo tengo que regresar para asistir a unas ejecuciones que he ordenado —y se marchó, dejando a Alicia sola con el Grifo.

El aspecto de aquella criatura no le gustaba demasiado, pero pensó que, en resumidas cuentas, no era más peligroso quedarse a su lado que seguir a la feroz Reina; así que esperó.

El Grifo se incorporó y se frotó los ojos; después se quedó mirando a la Reina hasta que se hubo perdido de vista y, luego, empezó a hacer gorgoritos de risa. —¡Qué gracioso! —dijo el Grifo, a medias para sí y a medias para Alicia.

—¿Qué *es* lo gracioso? —preguntó Alicia.

—Pues *ella* —respondió el Grifo—. Todo es imaginación suya: verás, nunca ejecutan a nadie. ¡Vamos!

«Aquí todo el mundo dice "vamos" —pensó Alicia mientras echaba a andar tranquilamente detrás del Grifo—. ¡En mi vida me han dado tantas órdenes!»

No tuvieron que caminar mucho para ver a lo lejos a la Tortuga Artificial sentada, triste y solitaria, en un pequeño saliente de roca; y cuando se acercaron, Alicia pudo oírla suspirar como si se le partiese el corazón. La compadeció profundamente. —¿Qué pena sufre? —le preguntó al Grifo, y el Grifo contestó casi con las mismas palabras de antes: —Todo es imaginación suya: verás, no sufre ninguna pena. ¡Vamos!

Así pues, llegaron donde estaba la Tortuga Artificial, que los miraba con los ojos arrasados en lágrimas, pero sin decir nada.

—Te presento a esta joven señorita —dijo el Grifo— que quiere conocer tu historia.

—Se la contaré —dijo la Tortuga Artificial con voz profunda y cavernosa—. Sentaos los dos, y no digáis una palabra hasta que haya terminado.

De modo que se sentaron, y nadie habló durante unos minutos. Alicia pensó: «No sé cómo va a terminar *alguna vez su* historia si no la empieza». Pero aguardó llena de paciencia.

—Érase una vez —dijo por fin la Tortuga Artificial lanzando un profundo suspiro— en que yo era una Tortuga de verdad.

A estas palabras le siguió un larguísimo silencio, sólo roto por alguna ocasional exclamación de «¡Hjckrrh!» lanzada por el Grifo y los incesantes sollozos de la Tortuga Artificial. Alicia estaba a punto de levantarse y decir: «Gracias, señora, por su interesante historia», pero no dejaba de pensar que la Tortuga *tenía* algo más que decir; así que permaneció sentada sin rechistar.

—Cuando éramos pequeñas —continuó por fin la Tortuga Artificial, más tranquila, aunque sollozando todavía un poco— íbamos a la escuela en el mar. El maestro era una vieja Tortuga... a la que llamábamos Galápago[22].

—¿Por qué la llamaban Galápago si no lo era? —preguntó Alicia.

—La llamábamos Galápago porque nos enseñaba —dijo enfadada la Tortuga Artificial—; realmente eres muy estúpida.

—Debería darte vergüenza hacer preguntas tan tontas —añadió el Grifo, y acto seguido ambos permanecieron en silencio, mirando a la pobre Alicia que estaba deseando que se la tragara la tierra. Finalmente, el Grifo dijo a la Tortuga Artificial: —Adelante, vieja. No vamos a pasarnos todo el día con tu historia—, y la Tortuga prosiguió con estas palabras:

—Sí, íbamos a la escuela del mar, aunque quizá no lo creas...

—Yo no he dicho nada —la interrumpió Alicia.

—Sí lo has dicho —dijo la Tortuga Artificial.

—¡Cierra el pico! —añadió el Grifo, sin dar tiempo a que Alicia abriese la boca. La Tortuga Artificial continuó:

—Teníamos la mejor de las educaciones..., de hecho íbamos a la escuela todos los días.

—*También yo* voy todos los días a la escuela —dijo Alicia—, no hay que presumir tanto por eso.

—¿Con clases extras? —preguntó la Tortuga Artificial algo ansiosa.

—Claro —dijo Alicia—, aprendemos Francés y Música.

---

22 Los juegos de palabras utilizados aquí por Carroll tienen varias direcciones: *tortoise* (tortuga vulgar, de tierra, de agua dulce), tiene en inglés pronunciación homofónica con *taught us* («nos enseñaba»). *Turtle* es la tortuga marina; tuerzo su traducción por «galápago» para que aflore la frase castellana «saber más que un galápago». (N. del T.)

—¿Y Lavado? —dijo la Tortuga Artificial.

—Por supuesto que no —dijo Alicia indignada.

—Ah, entonces no es realmente una buena escuela —dijo la Tortuga Artificial en tono de gran alivio—. En cambio, en la *nuestra,* había clases adicionales de Francés, Música y *Lavado...* extra.

—No debía de hacerles demasiada falta —dijo Alicia— viviendo en el fondo del mar.

—Yo no pude estudiarlo —dijo la Tortuga Artificial con un sollozo—. Seguí sólo las clases normales.

—¿Y cómo eran? —preguntó Alicia.

—Lectura y Escritura para empezar, por supuesto —contestó la Tortuga Artificial—, y luego las distintas ramas de la Aritmética: Ambición, Distracción, Feificación e Irrisión[23].

—Nunca he oído hablar de Feificación —se atrevió a decir Alicia—. ¿Qué es?

El Grifo levantó sus dos zarpas de la sorpresa:

—¡Cómo! Nunca ha oído hablar de feificación! — exclamó—. ¿Supongo que sabes qué es bonitificar?

—Sí —dijo Alicia con muchas duda—, significa... hacer... algo... más bonito.

—Bueno —continuó el Grifo—, pues si no sabes lo que es feificar, entonces *eres* tonta de remate.

Alicia no *tuvo* ánimo suficiente para seguir haciendo preguntas sobre el asunto, así que se volvió hacia la Tortuga Artificial y dijo: —¿Qué otras cosas aprendían?

---

23 La solución a los homónimos y sonidos semejantes de los términos ingleses es bastante desalentadora, pero imposible para mí de mejorar de modo satisfactorio: *Reeling* y *Writhing* (arte de bambolearse y contorsionarse), suenan de modo semejante a *Reading* (lectura) y *Writing* (escritura). La aritmética se divide en las cuatro conocidas ramas, que se prestan mejor a los juegos en inglés: *Addition: Ambition; Substraction: Distraction; Multiplication: Uglification* (formado sobre *ugly*, «feo», de ahí «feificación»), y *Division: Irrision*. Lo mismo ocurre con las demás asignaturas: *Mystery* (que convierto en «Histeria») es equívoco por *History; Seaography* (que convierto en «Mareografía») está por *Geography; Drawling* (pronunciar las palabras arrastrando las vocales), sustituye a *Drawing* (dibujar); *Stretching* (estirarse), a *Sketching* (hacer esbozos, croquis); y *Fainting in coils*, a *Painting oils* (pintar al óleo). Al traducir estos últimos he atendido a alteraciones fonéticas. Siguiendo con el juego, me he permitido un neologismo absurdo, «bonitificar», que traduce el correcto término inglés *beautify* (embellecer). (N. del T.)

—Bueno, pues había Histeria —respondió la Tortuga Artificial, contando las asignaturas con sus aletas—: Histeria antigua y moderna, con Mareografía y Bidujo... El profesor de Bidujo era un viejo congrio que solía ir una vez a la semana: *él* nos enseñó Bidujo, Reboce y Tintura al Poleo.

—Y *eso* ¿qué era? —preguntó Alicia.

—Bueno, no puedo hacerte una demostración —contestó la Tortuga Artificial—; estoy demasiado anquilosada. Y el Grifo nunca lo aprendió.

—No tenía tiempo —dijo el Grifo—. Pero iba a clase de Clásicos. Aquél sí que era un cangrejo viejo.

—Nunca fui a su clase —dijo la Tortuga con un suspiro—; enseñaba Risa y Llanto[24], según solía decir.

—Cierto, muy cierto —dijo el Grifo, suspirando a su vez; y los dos animales escondieron las caras entre sus patas.

—¿Y cuántas horas al día duraban sus lecciones? —preguntó Alicia, con prisa por cambiar de tema.

—Diez horas el primer día —contestó la Tortuga Artificial—, nueve el siguiente, y así sucesivamente.

—¡Qué horario más curioso! —exclamó Alicia.

—Por esa razón se llaman cortas[25] —observó el Grifo—; porque día a día se acortan.

Era ésta una idea completamente nueva para Alicia, y la estuvo meditando un poco antes de hacer el siguiente comentario: —Entonces el undécimo día debía ser vacación».

—Claro —dijo la Tortuga Artificial.

—¿Y qué hacían entonces el duodécimo día? —preguntó Alicia impaciente.

—Basta de hablar de clases —la interrumpió el Grifo en tono muy cortante—. Ahora cuéntale algo sobre los juegos.

---

24 *Laughing* (hilaridad, risa), está por *Latin* (latín), y *Grief* (pesar, pena), por *Greek* (griego). (N. del T.)

25 *Lessons* (lecciones) y *lessen* (acortar, abreviar) son términos homofónicos en inglés. *That's the reason they're called lessons: because they lessen from day to day*, cuya traducción textual es: «Por esa razón se las llama lecciones, porque disminuyen de día en día». (N. del T.)

Capítulo X

LA CONTRADANZA DEL BOGAVANTE

·⤳⧜⤳·

La Tortuga Artificial lanzó un profundo suspiro y se pasó el dorso de una aleta por los ojos. Miró a Alicia e intentó hablar, pero durante uno o dos minutos los sollozos ahogaron su voz: —Como si se le hubiera atragantado un hueso —dijo el Grifo; y empezó a sacudirla y a darle palmadas en la espalda. Por fin la Tortuga Artificial recuperó la voz, y con las lágrimas corriéndole por las mejillas continuó:

—No debes haber vivido mucho bajo el mar... («Desde luego que no», dijo Alicia)..., y quizá nunca te presentaron un bogavante... (Alicia empezó a decir: «Una vez probé...», pero se contuvo rápidamente y dijo: «No, nunca»)... por eso no puedes hacerte ni la más remota idea de lo divertida que es una Contradanza de Bogavantes.

—La verdad es que no —dijo Alicia—. ¿Qué clase de baile es ese?

—Bueno —dijo el Grifo—, primero te pones en una hilera a lo largo de la orilla...

—Dos hileras —gritó la Tortuga Artificial—; focas, tortugas, salmones, etcétera; luego, una vez que has barrido todas las medusas del sitio...

—*Cosa* que a veces suele llevar bastante tiempo —interrumpió el Grifo.

—... avanzas dos pasos.

—¡Cada uno con un bogavante por pareja! —exclamó el Grifo.

—... Por supuesto —dijo la Tortuga Artificial—, avanzas dos pasos, se forman las parejas...

—Cambio de bogavantes, y te retiras en el mismo orden —continuó el Grifo.

—Luego, ¿sabes? —prosiguió la Tortuga Artificial—, lanzas los...

—¡Los bogavantes! —gritó el Grifo, dando un brinco en el aire.

—... al mar, lo más lejos que puedas.

—¡Y a nadar tras ellos! —chilló el Grifo.

—Luego vuelves hacia tierra, y así termina la primera figura —dijo la Tortuga Artificial bajando repentinamente la voz; y los dos animales, que habían estado dando saltos como locos durante todo ese rato, volvieron a sentarse con aire triste y tranquilo, y miraron a Alicia.

—Debe de ser un baile muy bonito —dijo Alicia tímidamente.

—¿Te gustaría ver un poco? —preguntó la Tortuga Artificial.

—Mucho, de veras —contestó Alicia.

—Venga, probemos con la primera figura —le dijo la Tortuga Artificial al Grifo—. Podemos hacerlo sin bogavantes, ¿sabes? ¿Quién de los dos canta?

—Canta *tú* —dijo el Grifo—. A mí se me ha olvidado la letra.

Y empezaron a bailar solemnemente, dando vueltas y más vueltas alrededor de Alicia, pisándole los pies cada vez que pasaban demasiado cerca, y llevando el compás con sus patas delanteras mientras la Tortuga Artificial cantaba triste y lentamente:

> «¿Quieres correr más?», dijo una pescadilla a un caracol.
> Viene detrás un delfín, que en la cola me ha pisado.
> Mira las tortugas y langostas, que rápidas avanzan
> y llegan a la playa: ¿Quieres unirte a la danza?
>
> Sí, no, sí, no, ¿quieres unirte a la danza?
> No, sí, no, sí, ¿no quieres unirte a la danza?
>
> «Ni imaginar puedes lo delicioso que ha de resultar
> cuando te cojan y lancen, con bogavantes, al mar.»

Mas contestó el caracol: «¡Demasiado lejos!». Y miró de refilón
diciendo que muchas gracias, pero al baile no se unió.

No quería, no podía, no quería, no podía, no quería unirse
a la danza.
No quería, no podía, no quería, no podía, no podía unirse
a la danza.

«¡Qué importa lo lejos que sea!», contestó su escamosa amiga.
«¿No sabes que otra playa hay también en la otra orilla?
Cuanto más lejos de Inglaterra, más cerca de Francia estarás.
Querido caracol, no temas, y con nosotros únete a la danza.

Sí, no, sí, no, ¿quieres con nosotros unirte a la danza?
No, sí, no, sí, ¿no quieres unirte a la danza?»

—Gracias, es un baile muy interesante de contemplar —dijo Alicia, contenta de que por fin hubiera terminado—; y también me ha gustado mucho esa curiosa canción de la pescadilla.

—Ah, las pescadillas —dijo la Tortuga Artificial—, son... ¿las habrás visto, naturalmente?

—Sí —dijo Alicia—, las he visto a menudo en la cen... —y se calló de repente.

—No sé dónde puede estar eso de *cen* —dijo la Tortuga Artificial—, pero si las has visto con tanta frecuencia sabrás desde luego cómo son.

—Creo que sí —replicó Alicia pensativa—. Tienen la cola en la boca... y están cubiertas de pan rallado.

—Te equivocas en lo del pan rallado —dijo la Tortuga Artificial—; el pan rallado desaparecería con el agua del mar. Pero sí tienen las colas en la boca; y es porque... —en ese momento la Tortuga Artificial bostezó y cerró los ojos—. Cuéntale tú el porqué y todo eso —le dijo al Grifo.

—Es porque también *quisieron* ir a bailar con los bogavantes. Por eso las arrojaron al mar. Y su caída duró mucho tiempo. Por eso se agarraron firmemente la cola con la boca. Y por eso luego no pudieron soltarla. Eso es todo...

—Gracias —dijo Alicia—, es muy interesante. Antes nunca supe tantas cosas sobre las pescadillas.

—Si quieres, puedo contarte muchas más —dijo el Grifo—. ¿Sabes por qué se llaman pescadillas?

—Nunca se me había ocurrido pensarlo —dijo Alicia—. ¿Por qué?

—*Tiene que ver con botas y zapatos* —replicó el Grifo en tono muy solemne.

Alicia quedó completamente desconcertada: «¡Con botas y zapatos!», repetía atónita.

—Vamos a ver, ¿con qué limpian *tus* zapatos? —dijo el Grifo—. Quiero decir que cómo les sacan tanto brillo.

Alicia se miró los zapatos y pensó un poco antes de responder: —Creo que se limpian con negro de betún.

—Pues debajo del mar —continuó el Grifo con voz solemne— botas y zapatos se limpian con blanco de pescadilla[26]. Ahora ya lo sabes.

---

26 *Whiting* (opuesto a *blacking*: «betún, negro de betún»), además de «pescadilla», significa en inglés «blanco de España», que explica el juego de Carroll. (N. del T.)

—¿Y de qué está hecho? —preguntó Alicia en tono de gran curiosidad.

—De lenguados y anguilas²⁷, por supuesto —replicó el Grifo algo impaciente—; cualquier quisquilla lo sabe y podría decírtelo.

—Si yo hubiera sido la pescadilla —dijo Alicia, que todavía estaba dándole vueltas a la canción—, le habría dicho al delfín: «¡Haz el favor de marcharte! No *te* queremos con nosotras».

—Estaban obligadas a llevarle con ellas —dijo la Tortuga Artificial—; ¡ningún pez sensato va a ninguna parte sin un delfín!

—¿De veras? —dijo Alicia en tono de gran sorpresa.

—Claro —dijo la Tortuga Artificial—, porque si un pez viene a *verme* y me dice que sale de viaje, yo le preguntaría—: «¿Con qué delfín?».

—¿No querrás decir «Con qué fin»?²⁸ —preguntó Alicia.

—Quiero decir lo que digo —replicó la Tortuga Artificial en tono ofendido. Y el Grifo añadió—: A ver, oigamos ahora alguna de *tus* aventuras.

—Podría contar mis aventuras..., empezando por esta mañana —dijo Alicia con cierta timidez—; no merece la pena empezar desde ayer, porque entonces yo era una persona distinta.

—Explícanos todo eso —dijo la Tortuga Artificial.

—¡No y no! Las aventuras primero —dijo el Grifo impaciente—; con las explicaciones se tarda siempre un tiempo espantoso.

De modo que Alicia empezó a contarles sus aventuras desde el momento en que vio por primera vez al Conejo Blanco. Al principio se puso algo nerviosa porque aquellos dos bichos se le acercaban mucho, uno por cada lado, y abrían los ojos y las bocas de un modo *enorme,* pero fue cobrando ánimo a medida que hablaba. Sus oyentes estuvieron muy tranquilos hasta que llegó a la parte en que le recitaba: *Viejo está, padre Guillermo* a la Oruga, y las palabras le salieron todas al revés; entonces la Tortuga Artificial respiró profundamente y dijo: —¡Qué curioso!

—Sí, es lo más curioso del mundo —dijo el Grifo.

---

27 *Soles and eels*: nuevo equívoco. *Sole*, además de «lenguado», significa «suela»; *eel* (anguila), se pronuncia, sin la aspiración de la *h*, de modo semejante a *heel* (talón). Valga la nota para esa imposible traducción resuelta mediante la versión literal, que aquí quiere oficiar de disparate. (N. del T.)

28 Nuevo juego gracias a la homofonía de *porpoise* (marsopa, que aquí y en el poema anterior, traduzco por «delfín») con *purpose* (fin, objetivo). (N. del T.)

—Le salía todo diferente —repitió la Tortuga Artificial pensativa—. Me gustaría que lo intentase ahora y que nos recite algo. Dile que empiece —y miró al Grifo como si creyera que éste tenía algún tipo de autoridad sobre Alicia.

—Ponte de pie y recita *Es la voz del haragán* —dijo el Grifo.

«Estos animales no hacen más que dar órdenes y obligarte a repetir las lecciones —pensó Alicia—. Igual que si estuviera en la escuela.» Sin embargo, se puso de pie y empezó a recitar; pero tenía la cabeza todavía tan invadida por la Contradanza de los Bogavantes que apenas si se daba cuenta de lo que estaba diciendo; y la letra resultaba muy rara.

Es la voz del bogavante; la he oído declarar:
«Muy morena me has tostado, debo mi pelo endulzar».
Lo que un pato con los párpados, hace él con la nariz,
pues se ajusta los botones y también el cinturón,
y con la nariz los dedos endereza en los zapatos.

Cuando la arena está seca, alegre como un pinzón,
de los escualos habla en despectivo tono;
mas cuando la marea sube y está cerca el tiburón
su voz devuelve un tímido y estremecido son.

—Es distinto de lo que *yo* solía recitar cuando era niño —dijo el Grifo.

—Bueno, *yo* nunca lo había oído antes —dijo la Tortuga Artificial—, pero suena a disparate a una legua.

Alicia no dijo nada; se había sentado con la cara entre las manos preguntándose si *alguna vez* volvería a ocurrirle algo normal.

—Me gustaría que me la explicasen —dijo la Tortuga Artificial.

—No puede explicarla —dijo el Grifo rápidamente—. Continúa con los siguientes versos.

—Pero ¿y eso de los dedos? —insistió la Tortuga Artificial—. ¿Sabes cómo *podía* enderezarlos con la nariz?

—Es la primera posición del baile —dijo Alicia; pero estaba totalmente desconcertada, y deseaba cambiar de tema de conversación.

—Continúa con los versos siguientes —repitió el Grifo impaciente—; empiezan así: «Yo pasé por su jardín».

Alicia no se atrevió a desobedecer, aunque estaba segura de que todo le saldría mal, y continuó con voz temblorosa:

Yo pasé por su jardín, y con un ojo contemplé
al Búho y a la Pantera repartirse un gran pastel.
La Pantera cortezas, migas y carne comió
mientras el Búho tuvo por plato la fuente.
Acabado todo el pastel, al Búho por gran favor,
amablemente permitieron quedarse con la cuchara,
mientras gruñendo la Pantera recibía cuchillo y tenedor,
y así el banquete acabó.

—¿De qué sirve recitar toda esa cháchara —interrumpió la Tortuga Artificial—, si no explicas lo que vas diciendo? Es la cosa más confusa que nunca he oído en mi vida.

—Sí, creo que es mejor que lo dejes —dijo el Grifo. Y Alicia quedó encantada haciéndolo.

—¿Por qué no probamos a bailar otra figura de la Contradanza del Bogavante? —continuó el Grifo—. ¿O prefieres que la Tortuga Artificial te cante una canción?

—Sí, sí, una canción, por favor, si la Tortuga Artificial es tan amable —contestó Alicia, con tal ansiedad que el Grifo dijo en tono algo ofendido:

—¡Hummm! Es cuestión de gustos. ¿Qué te parece si le cantas *Sopa de Tortuga*, vieja?

La Tortuga Artificial suspiró profundamente y empezó a cantar con voz entrecortada a veces por sollozos:

> *¡Hermosa sopa, tan rica y verde*
> *Que espera en la olla caliente!*
> *¿Quién por tal manjar no moriría?*
> *¡Sopa de la noche, hermosa Sopa!*
> *¡Sopa de la noche, hermosa Sopa!*
>
> *¡Hermooooosa Soooo-pa!*
> *¡Hermooooosa Soooo-pa!*
> *¡Soooo-pa deeeeee la noooooche!*
> *¡Hermosa, hermosa Sopa!*
>
> *Hermosa Sopa, ¿quién quiere pescado,*
> *ave o cualquier otro bocado?*
> *¿Quién todo no daría por dos cucharadas*
> *sólo de Hermosa Sopa?*
> *¿Sólo de Hermosa Sopa?*
>
> *¡Hermooooosa Soooooopa!*
> *¡Hermooooosa Soooooopa!*
> *¡Sooooopa deeeeee la Nooooche!*
> *¡Hermosa, hermosa Sopa!*

—A repetir el estribillo —chilló el Grifo, y no había hecho la Tortuga Artificial más que empezar a repetirlo cuando a lo lejos se oyó el grito de «Comienza el juicio».

—Vamos —gritó el Grifo, y agarrando a Alicia de la mano echó a correr sin aguardar al final de la canción.

—¿Qué juicio es ese? —jadeó Alicia, mientras corría. Pero el Grifo sólo contestó:

—Vamos —y corrió más deprisa todavía, mientras, cada vez con menos fuerza, les llegaban, traídas por la brisa que los seguía, las melancólicas palabras:

¡Sooooopa deeeeee la Nooooche!
¡Hermosa, hermosa Sopa!

Capítulo XI

¿QUIÉN ROBÓ
LAS TARTAS?

·᷐᷐᷐·

Cuando el Grifo y Alicia llegaron, el Rey y la Reina de Corazones estaban sentados en su trono, rodeados por una gran multitud formada a su alrededor: toda clase de pajarillos y animalejos, así como un mazo completo de cartas: la Sota estaba de pie delante de ellos, encadenada, con un soldado a cada lado custodiándola; y junto al Rey estaba el Conejo Blanco, con una trompeta en una mano y un rollo de pergamino en la otra. En el centro mismo de la sala del Tribunal había una mesa, con una gran fuente de tartas: parecían tan ricas que con sólo mirarlas a Alicia se le hizo la boca agua. «A ver si acaba pronto el juicio —pensó— y pasan al refrigerio.» Pero no parecía demasiado probable, así que se puso a mirar lo que había a su alrededor para matar el tiempo.

Nunca hasta entonces había estado Alicia en un tribunal, pero había leído sobre ellos, y se sentía muy contenta al comprobar que conocía el nombre de cada cosa: «El juez es ese —se dijo—, porque lleva esa peluca tan larga».

El juez, dicho sea de paso, era el Rey. Como se había puesto la corona encima de la peluca (mirad el dibujo de la portadilla si queréis ver cómo la llevaba), no parecía sentirse demasiado cómodo, y desde luego no le sentaba bien.

«Y eso es el estrado del jurado —pensó Alicia—, y esas 12 criaturas (se veía obligada a llamarlas "criaturas", porque unos eran animales, y otros pájaros) supongo que son los jurados.» Se repitió esta última palabra para sus adentros, llena de orgullo, porque pensó, y con sobrada razón, que pocas niñitas de su edad conocían el significado de todo aquello. Aunque quizá le hubiera bastado con decir «jueces».

Los 12 jurados estaban escribiendo muy atareados en sus pizarras.

—¿Qué están haciendo? —le susurró Alicia al Grifo—. Antes de que el juicio empiece no deben de tener nada que anotar.

—Están apuntando sus nombres —le contestó también en un susurro el Grifo—, por miedo a que se les olviden antes de que acabe el juicio.

—¡Qué estúpidos! —empezó a decir Alicia en voz alta, muy indignada, pero se detuvo inmediatamente porque el Conejo Blanco chilló: «¡Silencio en la sala!» y el Rey se puso las gafas y miró ansiosamente a todas partes para descubrir quién estaba hablando.

Alicia pudo ver, tan bien como si estuviese mirando por encima de sus hombros, que todos los jurados escribían: «¡Qué estúpidos!» en sus pizarras; e incluso pudo darse cuenta de que no sabían cómo escribir «estúpido» y tenían que pedir al vecino que se lo dijera: «¡Vaya lío que van a armar en las pizarras antes de que acabe el juicio!» —pensó Alicia.

Uno de los jurados escribía con un pizarrín que rechinaba. Alicia, por supuesto, *no* podía soportarlo, de modo que dio la vuelta a la sala y se colocó detrás de él; no tardó en encontrar ocasión para quitárselo. Y lo hizo con tal rapidez que el pobrecito jurado (era Bill, el Lagarto) no pudo imaginar siquiera qué había sido de él; por eso, después de buscar por todas partes, tuvo que escribir con un dedo el resto del día; pero no le sirvió de nada, porque el dedo no dejó ninguna marca en la pizarra.

—¡Heraldo! ¡Lee la acusación! —dijo el Rey.

Entonces el Conejo Blanco dio tres toques de trompeta, y luego desenrolló el pergamino leyendo lo siguiente:

La Reina de Corazones hizo unas tartas
todo un día de verano.

La Sota de Corazones ha cogido las tartas
y se las ha llevado.

—¡Considerad vuestro veredicto! —dijo el Rey al jurado.

—¡Aún no! ¡Aún no! —le interrumpió apresuradamente el Conejo—. Falta mucho para llegar al veredicto.

—Llamad al primer testigo —dijo el Rey, y el Conejo Blanco lanzó tres toques de trompeta y gritó: —¡Primer testigo!

El primer testigo era el Sombrerero. Llegó con una taza de té en la mano y una rebanada de pan con mantequilla en la otra.

—Pido perdón a Vuestra Majestad —empezó diciendo— por venir con esto; pero no había terminado de tomar el té cuando fueron a buscarme.

—Deberías haber terminado —dijo el Rey—. ¿Cuándo empezaste?

El Sombrerero miró a la Liebre de Marzo, que le había seguido hasta el tribunal del brazo del Lirón. —*Creo* que fue el catorce de marzo —respondió.

—El quince —dijo la Liebre de Marzo.

—El dieciséis —dijo el Lirón.

—Anotad eso —dijo el Rey al jurado; y el jurado se apresuró a escribir las tres fechas en sus pizarras, luego a sumarlas y a reducir el total a chelines y peniques.

—Quítate el sombrero —le ordenó el Rey al Sombrerero.

—No es mío —dijo el Sombrerero.

—*¡Robado!* —exclamó el Rey, volviéndose hacia el jurado, que anotó inmediatamente el hecho.

—Los tengo para venderlos —añadió el Sombrerero a modo de explicación—. Ninguno es de mi propiedad. Soy sombrerero.

En ese momento la Reina se puso las gafas y empezó a mirar fijamente al Sombrerero, que se puso pálido y empezó a temblar.

—Haz tu declaración —dijo el Rey—, y no te pongas nervioso o mando que te ejecuten en un santiamén.

No parecieron animar mucho al testigo estas palabras: se balanceaba descansando el cuerpo tanto en un pie como en otro y mirando intranquilo a la Reina; en medio de su confusión le dio un buen mordisco a la taza de té en vez de morder el pan con mantequilla.

Precisamente en ese momento Alicia sintió una extraña sensación que la mantuvo aturdida un buen rato, hasta que comprendió lo que ocurría: estaba empezando a crecer de nuevo; al principio pensó que lo mejor sería levantarse y abandonar la sala, pero le pareció mejor quedarse donde estaba mientras cupiese en la habitación.

—A ver si no empujas tanto —le dijo el Lirón, que estaba sentado a su lado—. Casi no puedo respirar.

—No puedo remediarlo —dijo Alicia muy modosa—. Estoy creciendo.

—No tienes derecho a crecer *aquí* —dijo el Lirón.

—No digas tonterías —replicó Alicia con mayor audacia—, sabes de sobra que también tú estás creciendo.

—Sí, pero yo crezco a un ritmo razonable —dijo el Lirón—, y no de esa manera ridícula —y, levantándose enfurruñado, cruzó al otro lado de la sala.

Durante todo este tiempo la Reina no había dejado de mirar al Sombrerero y, precisamente en el momento en que el Lirón cruzaba la sala, le dijo a uno de los oficiales del tribunal: —¡Tráeme la lista de los cantantes del último concierto!, —ante lo cual el desventurado Sombrerero empezó a temblar de tal modo que los pies se le salieron de los zapatos.

—Haz tu declaración —repitió irritado el Rey— o haré que te ejecuten, estés nervioso o no.

—Soy un pobre hombre, Majestad —empezó a decir el Sombrerero con voz temblorosa—, y aún no había empezado a tomar mi té..., hace una semana poco más o menos..., y como las rebanadas de pan con mantequilla son tan delgadas... y las titilaciones del té...

—¿Las titilaciones de *qué?* —dijo el Rey.

—Eso empezaba con té —replicó el Sombrerero.

—Por supuesto que titilaciones empieza con T —dijo el Rey en tono muy severo—. ¿Me tomas acaso por imbécil? ¡Sigue!

—Soy un pobre hombre —prosiguió el Sombrerero—, y muchas cosas titilaban después de que... sólo que la Liebre de Marzo dijo...

—Yo no dije —se apresuró a interrumpir la Liebre de Marzo.

—Sí dijiste —dijo el Sombrerero.

—Lo niego —dijo la Liebre de Marzo.

—Lo niega —dijo el Rey—, que no conste.

—Bueno, en cualquier caso, el Lirón dijo... —prosiguió el Sombrerero, mirando preocupado a su alrededor para ver si también el Lirón negaba; pero el Lirón no negó nada, porque se había quedado profundamente dormido.

—Después —continuó el Sombrerero—, corté un poco más de pan con mantequilla.

—Pero ¿qué dijo el Lirón? —preguntó uno del jurado.

—Eso no puedo recordarlo —respondió el Sombrerero.

—*Debes* recordar —observó el Rey— o haré que te ejecuten.

El desventurado Sombrerero dejó caer su taza de té y la rebanada y puso una rodilla en tierra. —Soy un pobre hombre, Majestad —empezó a decir.

—Lo que sí eres es un pobrísimo orador —dijo el Rey.

En ese momento, uno de los conejillos de Indias aplaudió e, inmediatamente, fue acallado por los ujieres del tribunal. (Como la palabra acallar es bastante fuerte, os explicaré cómo lo hicieron: llevaban una gran bolsa de lona, cuya boca se cerraba con una cuerda; metieron en ella de cabeza al conejillo de Indias y luego se sentaron encima.)

«Cuánto me alegro de haberlo visto —pensó Alicia—. He leído con mucha frecuencia en los periódicos, al final de los juicios: "Hubo algunos intentos de aplausos que inmediatamente fueron acallados por los ujieres del tribunal", pero hasta ahora nunca comprendí lo que significaba.»

—Si eso es todo lo que sabes del asunto, puedes bajar —continuó el Rey.

—No puedo bajar más —dijo el Sombrerero—, ya estoy con los pies en el suelo.

—Entonces puedes *sentarte* —replicó el Rey.

En ese momento, otro conejillo de Indias aplaudió, y fue acallado.

«Vaya, con eso se acaban los conejillos de Indias —pensó Alicia—. Así estaremos mejor.»

—Me gustaría terminar mi té —dijo el Sombrerero, con una inquieta mirada hacia la Reina, que estaba leyendo la lista de cantantes.

—Puedes irte —dijo el Rey, y el Sombrerero se apresuró a irse a toda prisa de la sala, sin entretenerse siquiera en ponerse sus zapatos.

—... Y al salir que le corten la cabeza —añadió la Reina, dirigiéndose a uno de los ujieres; pero el Sombrerero ya se había perdido de vista antes de que el oficial pudiese alcanzar la puerta.

—Llamad al siguiente testigo —dijo el Rey.

El siguiente testigo era la cocinera de la Duquesa. Llevaba el bote de la pimienta en la mano, y Alicia adivinó quién era antes de que entrara en la sala por la forma en que empezaron a estornudar todos los que se encontraban junto a la puerta.

—Presta declaración —dijo el Rey.

—No quiero —dijo la cocinera.

El Rey miró preocupado hacia el Conejo Blanco, que dijo en voz baja:

—Su Majestad debe hacer un interrogatorio a este testigo.

—Bueno, si hay que hacerlo, lo haré —dijo el Rey en tono melancólico; y después de cruzarse de brazos y fruncir el ceño hasta que sus ojos apenas se veían, dijo con voz profunda—: ¿De qué están hechas las tartas?

—De pimienta sobre todo —dijo la cocinera.

—De melaza —dijo una voz soñolienta a su espalda.

—Detened a ese Lirón —chilló la reina—. ¡Decapitad a ese Lirón! ¡Que saquen al Lirón de la sala! ¡Que lo supriman! ¡Que le pellizquen! ¡Que le corten los bigotes!

Durante unos minutos reinó la confusión por toda la sala, mientras intentaban echar al Lirón; y cuando todos volvieron a sentarse en sus puestos, la cocinera había desaparecido.

—¡No importa! —dijo el Rey con aire de gran alivio—. ¡Llamad al siguiente testigo! —y añadió en voz baja para la Reina—: Realmente, querida, eres *tú* quien debe interrogar al siguiente testigo. A mí estas cosas me dan dolor de cabeza.

Alicia observó al Conejo Blanco mientras éste buscaba en su lista, y sintió gran curiosidad por ver quién sería el siguiente testigo..., «porque *hasta ahora,* no son muchas las pruebas que han conseguido», se dijo. Imaginad su sorpresa cuando el Conejo Blanco, alzando cuanto pudo su vocecita chillona, leyó el nombre de «¡Alicia!».

Capítulo XII

EL TESTIMONIO
DE ALICIA

·⌒⌒·

—¡**P**resente! —gritó Alicia, olvidándose por completo, en la agitación del momento, de lo mucho que había crecido en los últimos minutos; se levantó de una manera tan brusca que con el borde de su falda derribó todo el estrado del jurado, volcando a los jueces de cabeza sobre el público que había debajo y que empezó a agitarse desesperadamente; por el modo en que se movían, Alicia recordó la pecera de peces de colores que la semana anterior ella misma había derribado accidentalmente.

—¡Ay! Les ruego que me perdonen —exclamó en tono de gran consternación; y se puso a recogerlos con la mayor rapidez que pudo, porque el accidente de los peces de colores seguía dando vueltas en su cabeza y tenía la vaga idea de que había que recogerlos cuanto antes y ponerlos de nuevo en el estrado, o si no se morirían.

—El juicio no puede continuar —dijo el Rey con voz severísima— hasta que los jueces estén en sus puestos..., *todos* —repitió con gran énfasis, clavando los ojos con dureza en Alicia mientras lo decía.

Alicia miró al estrado y vio que, en su prisa, había puesto al Lagarto boca abajo, y que el pobre animal agitaba melancólicamente la cola porque era

incapaz de moverse por sus propios medios. Lo sacó de allí y lo puso derecho: «No es que importe mucho —pensó para sus adentros—, porque, de
pies o de cabeza, no creo que sea de mucha utilidad en el juicio».

Tan pronto como el jurado se recuperó algo del susto, y después de que
fueran encontradas y se les entregaran sus pizarras y pizarrines, se pusieron
a trabajar afanosamente para escribir la historia del accidente; todos, salvo

el Lagarto, que parecía demasiado aturdido para hacer otra cosa que no fuera estar sentado, boquiabierto y con los ojos clavados en el techo de la sala.

—¿Qué sabes de este asunto? —le preguntó el Rey a Alicia.

—Nada —dijo Alicia.

—¿Nada de *nada?* —insistió el Rey.

—Nada de nada —contestó Alicia.

—Eso es muy importante —dijo el Rey, volviéndose hacia el jurado, que estaba empezando a escribir esa frase en sus pizarras cuando el Conejo les interrumpió:

—*In*importante es lo que Su Majestad ha querido decir, naturalmente —dijo en tono respetuoso pero frunciendo el ceño y haciendo muecas mientras hablaba.

—*In*importante, por supuesto, eso es lo que he querido decir —afirmó el Rey acto seguido, y continuó para sus adentros en voz baja: «Importante... inimportante... inimportante... importante...», como si estuviera probando qué sonaba mejor.

Algunos jurados apuntaron importante, otros inimportante. Alicia podía verlo porque estaban lo bastante cerca para mirar sus pizarras. «Pero a mí me importa un bledo», pensó.

En este momento el Rey, que había estado ocupadísimo escribiendo en su libreta de notas, gritó: —¡Silencio! —y leyó lo que había escrito en su libro—: Regla 42: *Toda persona que mida más de una milla de alto deberá abandonar la sala.*

Todos miraron a Alicia.

—Yo no *mido* una milla de alto —dijo Alicia.

—Sí la mides —dijo el Rey.

—Casi dos millas —añadió la Reina.

—Bueno, de cualquier modo no me iré —dijo Alicia—; además, esa regla no vale, acaba de inventársela.

—Es la regla más antigua del libro —dijo el Rey.

—Entonces tendría que ser la Número Uno —dijo Alicia.

El Rey se puso pálido y cerró a todo correr su libreta de notas:

—Considerad vuestro veredicto» —dijo al jurado con voz temblorosa.

—Todavía quedan más pruebas, con la venia de Su Majestad —dijo el Conejo Blanco dando un brinco—: acabamos de descubrir este papel.

—¿Qué es? —preguntó la Reina.

—Aún no lo he abierto —dijo el Conejo Blanco—, pero parece una carta escrita por el prisionero a... a alguien.

—Eso debe ser... —dijo el Rey—, a menos que la hayan escrito a nadie, cosa que no suele hacerse, como todos saben de sobra.

—¿A quién va dirigida? —dijo uno de los jueces

—No lleva dirección —dijo el Conejo Blanco—. De hecho, por fuera no hay nada escrito. —Desdobló el papel mientras hablaba, y añadió—: Pero no es una carta; son versos.

—¿Son de puño y letra del acusado? —preguntó otro de los jueces.

—No, no lo son —contestó el Conejo Blanco— y eso es lo más sospechoso—. El jurado pareció quedar desconcertado.

—Debe haber imitado la letra de alguna otra persona —dijo el Rey—. El jurado pareció iluminado por un rayo de inteligencia.

—Con la venia de Su Majestad —dijo la Sota—, yo no he escrito eso, y nadie puede probar que lo haya escrito: no hay ninguna firma al final.

—Si no lo has firmado —dijo el Rey—, eso no hace sino empeorar tu situación. *Debes* de tener alguna intención malvada, porque, de lo contrario, habrías firmado con tu nombre, como hacen las personas honradas.

Entonces se produjo un aplauso general: eran las primeras palabras inteligentes que el Rey había dicho en el día.

—Eso *prueba* su culpabilidad —dijo la Reina—, por lo tanto que le corten...

—Eso no prueba nada de nada —dijo Alicia—. ¡Si ni siquiera sabemos qué dicen los versos!

—¡Que los lean! —dijo el Rey.

El Conejo Blanco se puso sus gafas: —Con la venia de Su Majestad, ¿por dónde empiezo? —preguntó.

—Empieza por el empiece —dijo el Rey muy serio—; luego sigues hasta el final, y entonces te paras.

Hubo en la sala un silencio de muerte mientras el Conejo Blanco leía estos versos:

Me dijeron que con ella estuviste
y que le hablaste de mí.
Le gustaba mi carácter aunque dijo
que no me puedo zambullir.

Que yo no fui les mandó a decir
(sabemos que es verdad).
Si ella hubiera insistido,
¿qué sería de ti?

Ellos dos, yo una le di.
Tú nos diste tres o más.
Todas volvieron de él a ti,
aunque antes fueran de mi propiedad.

Y si en este caso por un casual
yo o ella estuviéramos envueltos,
confía en ti para conseguir,
como antes, en libertad quedar.

Me parece que tú fuiste
antes del ataque de ella
un obstáculo interpuesto
entre él, nosotros y esto.

Que nunca sepa él que ella las quiere,
pues siempre será así:
Que el secreto entre nosotros quede,
de ti para mí.

—Es la prueba más importante que hemos escuchado —dijo el Rey, frotándose las manos—; ahora les toca a los jurados.

—Si alguno de ellos consigue explicarlo —dijo Alicia (en los últimos minutos había crecido tanto que no temía que nadie la interrumpiese)—, le daré seis peniques. *Yo* no creo que haya una pizca de sentido en eso.

El jurado escribió en sus pizarras: «*Ella* no cree que haya una pizca de sentido en eso», pero ninguno intentó explicar los versos.

—Si no tiene ningún sentido —dijo el Rey—, nos ahorraremos muchas molestias, ¿no os parece? Porque entonces no hay necesidad de que se lo busquemos. Y sin embargo, no sé... —continuó, extendiendo el papel de los versos sobre sus rodillas y mirándolos con un ojo cerrado—, me parece que, después de todo, algún sentido tienen... «dijo que no me puedo zambullir»... ¿Puedes zambullirte y nadar? —añadió volviéndose hacia la Sota.

La Sota movió muy triste la cabeza: —¿Parece que puedo?—, dijo. Desde luego no lo parecía, porque estaba hecha por completo de cartulina.

—Pero termina diciendo: «Todas volvieron de él a ti» —dijo Alicia.

—¡Claro! ¡Y ahí están! —dijo el Rey en son triunfante, señalando las tartas que había encima de la mesa—. Está todo absolutamente claro. Sigamos. «Antes del ataque de ella»... Querida, creo que tú nunca has tenido ataques —le dijo a la Reina.

—Nunca —chilló la Reina furiosa, lanzando un tintero al Lagarto mientras hablaba. (El desventurado y pequeño Bill había dejado de escribir en su pizarra con el dedo al ver que no dejaba ninguna señal; pero en ese momento empezó a escribir a toda prisa utilizando la tinta que le chorreaba por la cara antes de que se quedara seca.)

—Entonces las palabras no *te atacan* a ti[29] —dijo el Rey mirando a la sala con una sonrisa. Había un silencio de muerte.

—He hecho un juego de palabras —añadió el Rey ofendido, y todos se echaron a reír—. Dejemos que el jurado siga con su veredicto —dijo el Rey por vigésima vez por lo menos en el día.

—No, no —dijo la Reina—, la sentencia primero... Luego el veredicto.

—Absurdo e insensato —dijo Alicia en voz alta—. ¿A quién se le puede ocurrir dar la sentencia primero?

—¡Cierra el pico! —dijo la Reina, enrojeciendo de ira.

—No quiero —dijo Alicia.

—¡Que le corten la cabeza! —chilló a más no poder la Reina. No se movió nadie.

—¿Quién os va a tener miedo? (Mientras tanto, había recuperado su estatura normal.) ¡Pero si no sois más que un mazo de cartas!

Y entonces, el mazo entero de cartas se elevó por los aires y se precipitó volando sobre ella. Alicia dio un gritito medio de miedo, medio de enfado, e intentó rechazarlas; de pronto se encontró tumbada a la orilla del río, con la

---

29 El escaso juego de palabras del Rey, tan soso que nadie se entera, está basado en el término *fit* (ataque, crisis de nervios), y el verbo *to fit* (convenir a, aplicarse a); literalmente, el Rey dice: «las palabras no te conciernen». (N. del T.)

cabeza en el regazo de su hermana, que dulcemente le apartaba unas hojas secas que le habían caído desde los árboles sobre la cara.

—Despierta, Alicia querida —le dijo su hermana—. ¡Vaya, cuánto rato has dormido!

—¡Ay, qué sueño tan curioso! —dijo Alicia; y le contó a su hermana todo lo que pudo recordar de las extrañas aventuras que acabamos de leer; y cuando terminó, su hermana le dio un beso y le dijo:

—Cierto que ha sido un sueño muy curioso, cariño; pero ahora corre a tomar el té, que llegas tarde—. Alicia se levantó y echó a correr, recordando, mientras corría, lo maravilloso que había sido su sueño.

Pero su hermana permaneció sentada en la misma actitud en que Alicia la había dejado, con la cabeza en la mano, mirando el sol poniente y pensando en la pequeña Alicia y en todas sus maravillosas aventuras, hasta que también ella empezó a soñar a su manera; y éste fue su sueño:

Primero soñó con la pequeña Alicia, y una vez más las pequeñas manitas estaban cruzadas sobre sus rodillas, y los brillantes y vivos ojos de la niña miraban los suyos..., llegó a oír incluso los diversos tonos de su voz, y a ver su peculiar gesto de cabeza para apartarse de los ojos unos cabellos errabundos que *siempre* se le venían encima... y, mientras la oía o creía oír, todo el lugar a su alrededor cobró vida con las extrañas criaturas del sueño de su hermanita.

La alta hierba murmuraba a sus pies mientras el Conejo Blanco corría entre ella, el asustado Ratón chapoteaba al cruzar por el estanque vecino..., podía oír el tintineo de las tazas de té cuando la Liebre de Marzo y sus amigos compartían su merienda-de-nunca-acabar, y la voz chillona de la Reina ordenando la ejecución de sus desdichados invitados... Una vez más, el bebé cerdito estornudaba en las rodillas de la Duquesa, mientras fuentes y platos se estrellaban a su alrededor..., y una vez más el graznido del Grifo, el chirrido del pizarrín del Lagarto y el ruido producido por los Conejillos de Indias suprimidos al ser acallados llenaron el aire, mezclándose con los lejanos sollozos de la lamentable Tortuga Artificial.

Sentada así, con los ojos cerrados, se creía casi en el País de las Maravillas, aunque sabía que bastaba con abrirlos de nuevo para que todo volviera a la sosa realidad; la hierba susurraría sólo por culpa del viento, y la charca sólo se ondularía con el movimiento de los juncos, el tintineo de las tazas de té se convertiría en el de las esquilas de las ovejas, y los agudos gritos de la Reina en la llamada del pastorcillo..., y los estornudos del bebé, el graznido del Grifo y los demás ruidos extraños se convertirían (estaba segura) en el confuso clamor del laborioso corral de la granja, mientras a lo lejos el mugido de los bueyes sustituiría a los apesadumbrados sollozos de la Tortuga Artificial.

Finalmente, imaginó cómo sería aquella hermanita suya con el tiempo, cuando fuera mujer; y cómo conservaría, a lo largo de sus años maduros, el sencillo y cariñoso corazón de su infancia; y cómo reuniría a otros pequeños a su alrededor, y haría que *sus* ojos brillaran y resplandecieran con cuentos extraños, quizá con aquel mismo sueño del País de las Maravillas de tanto tiempo atrás; y cómo sentiría ella las sencillas penas de esos niños; y cómo se alegraría con sus sencillas alegrías, recordando su propia infancia y los felices días del verano.

FIN

ALMA POCKET ILUSTRADOS es una colección única que reúne obras maestras de la literatura universal ilustradas por talentosos artistas. Magníficas ediciones de bolsillo para disfrutar del placer de la lectura con todos los sentidos.

Esta obra maestra de Lewis Carroll es una original aventura repleta de personajes geniales y situaciones insólitas en las que se desvanece la frontera entre fantasía y realidad.

La novela de Carroll se ha convertido en uno de los grandes clásicos de la literatura universal y ha influido en distintas generaciones de escritores, artistas y cineastas.

Esta magnífica edición recupera las ilustraciones originales que el gran John Tenniel creó para la primera edición del libro en 1865.

PVP **6,95** €

9 788418 008498